D1828574

A

Sophie Bassignac

Das Leben ist zu bunt für graue Tage

Roman

Aus dem Französischen
von Claudia Steinitz

Atlantik

Die Originalausgabe erschien 2015 unter dem Titel
Comédie musicale bei JC Lattès, Paris.

Atlantik Bücher erscheinen im
Hoffmann und Campe Verlag, Hamburg.

2. Auflage 2016
Copyright © 2015 by Editions JC Lattès
Für die deutschsprachige Ausgabe
Copyright © 2016 by Hoffmann und Campe Verlag, Hamburg
www.hoca.de *www.atlantik-verlag.de*
Satz: Pinkuin Satz und Datentechnik, Berlin
Gesetzt aus der Trump Mediäval
Druck und Bindung: CPI books GmbH, Leck
Printed in Germany
ISBN 978-3-455-60040-7

HOFFMANN
UND CAMPE

Ein Unternehmen der
GANSKE VERLAGSGRUPPE

Für Éric und Alban

I

Ein leichter, aber eisiger Sprühregen bedeckte die Schultern der Passanten mit silbernen Pailletten. Cécile kam es so vor, als klebte ihr die duftende Föhnfrisur wie nasses Papier an den Schläfen, und sie blieb vor dem Schaufenster eines Immobilienmaklers stehen. Beruhigt, dass die rotbraune Lockenpracht noch unversehrt war, ging sie weiter und hüstelte, um ein winziges Haarknäuel loszuwerden, das ihr Zäpfchen reizte. Das dürftige Trinkgeld im Sparschwein der Praktikantin, die ihr die Haare gewaschen hatte, war ein zusätzliches Ärgernis. Sie fragte sich, woher diese gelegentliche Knausrigkeit kam, die sie jedes Mal bereute. Das war umso schäbiger, da sie die zwei Stunden liebte, die sie jede Woche in dem überheizten Boudoir verbrachte, wo Claude, der Figaro des Viertels, nie vergaß, über ihr »unglaubliches Haar« in Verzückung zu geraten. Während sich die blau tätowierten Arme des Friseurs wie Schlangen um ihr Gesicht wanden, durchblätterte sie, geschmeichelt von diesen seltenen Komplimenten, faszinierende Zeitschriften, die dem Leben ihr unbekannter Berühmtheiten gewidmet waren, und schlürfte dabei grünen Tee. Im Zustand totaler Entspannung lauschte sie dem Friseur, der sich jedes Mal über ihre »unglaubliche« Unkenntnis amüsierte und die Bildunterschriften mit Anekdoten aus erster Hand ergänzte.

Vor sich erkannte sie Max, der über ihr wohnte, an seiner nervösen Gestalt. Er war mit einer Tanne beladen, deren Spitze wie ein Pfauenschwanz den Bürgersteig fegte, außerdem schleppte er einen großen Supermarktbeutel und einen verbeulten Lampenschirm. Sie folgte ihm, wie man an einer Tür lauscht, amüsiert und ein wenig verlegen, ihn heimlich zu beobachten. Die Passanten drehten sich nach ihm um, mit der Tanne konnten sie etwas anfangen, nicht aber mit dem gefalteten Lampenschirm, den er wie ein Armband trug. Sicher wunderten sie sich auch über seine exaltierten Bewegungen, die selbst die schwerste Last nicht gerechtfertigt hätte. Max sah immer so aus, als wollte er sich ein brennendes Kleidungsstück vom Leib reißen. Armer, armer Max, seufzte sie und wandte den Kopf ab. Eine Aufwallung heftiger Sympathie zwang sie, tief die eisige Abendluft einzuatmen. Sie rannte fast bis zum Hauseingang, betrat hinter dem jungen Mann den Innenhof und schob sich nach ihm in den Fahrstuhl.

»Cécile!«, sagte Max, überrascht und halb hinter der Tanne versteckt.

Ihr fiel auf, dass er von vorne etwas ruhiger wirkte.

Obwohl sie sich schon drei Jahre kannten, ergötzte sich Cécile immer noch an der dekadenten und ungewöhnlichen Schönheit ihres Nachbarn. Die eindringlichen schwarzen Augen mit von feinem Pinsel gezeichneten Brauen unter der dunklen, lockigen Mähne, der blasse Teint und der kleine, zarte Mund verströmten, wenn er ruhig war, die Mattigkeit eines schwindsüchtigen Dichters. Doch wenn er sich aufregte, und Max regte sich oft auf, ließ ein unerwarteter, eiserner Wille urplötzlich und wie ein teuflischer Trick die weibliche Sanftheit seiner Züge verschwinden.

Cécile wandte den Kopf ab, wie immer berührt von der Verzweiflung, die sich in der beunruhigenden Zwischenwelt des jungen Mannes offenbarte.

Max drückte auf den Knopf der dritten Etage. An den Spiegel gelehnt, schaute er Cécile von unten an und lächelte freudlos.

»Neue Fundstücke?«, fragte sie und zeigte auf den Beutel, den er vor sich abgestellt hatte.

»Ja, diese Übergardinen habe ich in einem Container auf dem Boulevard gefunden.« Er hielt Cécile den zerknitterten ockergelben Stoff, der mit einer goldenen, stellenweise abgelösten Posamentenborte gesäumt war, unter die Nase. »Riechen Sie das?«

»Was?«, fragte Cécile, etwas angewidert von den schimmeligen Ausdünstungen, die aus der Tasche kamen.

»Frankreich vor fünfzig Jahren! Bürgerliche Einrichtung, vielleicht ein Notar. Der Lampenschirm stammt bestimmt aus derselben Wohnung. Man denkt gar nicht, wie hartnäckig sich Gerüche halten. Sie hängen in der Tiefe von Koffern und Schränken und warten geduldig, dass man sie rauslässt.«

Der Fahrstuhl blieb stehen. Max stieg als erster aus.

»Läuft es gut mit eurer neuen Mitbewohnerin? Ich

habe ihren Namen vergessen«, sagte Cécile, während sie in ihrer Tasche nach den Schlüsseln suchte.

»Sie heißt Louise Brouillard. Ich glaube, sie gewöhnt sich an uns und wir uns an sie. Sie ist nett, nur ein bisschen gestopft.«

»Was heißt gestopft?«, fragte Cécile, die ihre Tasche neben dem Ohr schüttelte, um das Klimpern der Schlüssel zu hören.

»Sie verbringt ihre Nächte damit, sich mit offenem Mund alte amerikanische Filme anzusehen. Sie hält sich für Rita Hayworth. Ich übertreibe ein bisschen. Sagen wir, sie vermischt manchmal.«

Cécile verstand nicht immer, was Max sagte. Er erlaubte sich sprachliche Freiheiten, nahm Abkürzungen, die seine Beziehungen zu anderen nicht eben leichter machten. Aber er redete viel, und was man heute nicht verstand, würde er bestimmt am nächsten Tag anders und klarer wiederholen.

»Und Raphael?«

»Es geht.«

Max hatte gezögert. Cécile fragte nicht nach.

»Willst du reinkommen?«

Er schüttelte den Kopf, nuschelte ein hastiges »Guten Abend« und stieg zu Fuß mit seiner Tanne, dem Beutel und dem nicht mehr sehr ansehnlichen Lampenschirm hoch zur vierten Etage.

Cécile schloss die Tür, schleuderte im Flur die Schuhe von sich, ging ins Wohnzimmer und rekelte sich.

»Ich bin kaputt. Total kaputt«, verkündete sie, als müsste sie jemanden in der leeren Wohnung davon überzeugen.

Noch in Mantel und Handschuhen eilte sie in die Küche, riss den Gefrierschrank auf und holte die vereiste Ginflasche heraus. Sie nahm einen ordentlichen Zug und schnalzte mit der Zunge. Dann schlitterte sie auf dem Parkett zum Fenster, von dem sie den besten Blick auf den kleinen Park und auf Raphael hatte, den sie jeden Abend beobachtete, eine Gewohnheit, die in der dunklen Wohnung zum Ritual geworden war.

In der winterlichen Dämmerung glich der erstarrte Garten einem Schwarzweißbild aus den Zeiten der Analogfotografie. Die schwachen, von fahlen Lichthöfen umhüllten Laternen dämpften die Kontraste. Eisiger Nebel verwischte wie ein Schleier die Umrisse der Beete und Bäume. Raphael, Max' Cousin, saß immer auf derselben Bank und starrte mit äußerster Konzentration ins Leere. Er hatte die Hände tief in die Taschen seiner bis zum Kragen zugeknöpften Jacke gesteckt und verfolgte wohl eine Idee, die vor seinen Füßen kreiste, wie ein Blatt im Wind. Seine langen Haare verdeckten das ausdruckslose Gesicht. Mit dreißig Jahren sah er aus wie zwanzig. Seine etwas groben, kindlichen Züge erweckten bei Cécile stets den Eindruck, er arbeite sorgfältig den Rosenkranz der Gewissensbisse ab, die er später hinter sich lassen würde. Sie hatte ihn genauso gern wie Max. Der altmodische poetische Riese bestreute die Welt mit seiner feinen Intelligenz wie mit Konfetti. Er hatte den Mut, anders zu sein, und sie hatte allen Grund, darin etwas Kostbares zu sehen.

Während sie am Fenster stand, zog Cécile den Mantel aus, ohne Raphael aus den Augen zu lassen. Sie fragte sich, ob Max auch am Wohnzimmerfenster stand und darauf wartete, dass sein Cousin endlich nach Hause kam. Als ihn der Parkwächter ansprach, klappte Raphael seinen langen, gebeugten Körper auseinander, ging langsam zum Zaun und verschwand aus ihrem Blickfeld. Wenige Minuten später hörte sie in der vierten Etage die Tür knallen und verfolgte Raphaels Schritte, dumpfer als die von Max, auf dem Flurparkett bis in sein Zimmer, das über ihrem Schlafzimmer lag.

Sie ging wieder in die Küche, nahm sich ein Fertiggericht aus dem Gefrierschrank und stellte es in die Mikrowelle, dann packte sie einen Stapel Hausarbeiten aus, den sie widerwillig betrachtete.

»Ich bin kaputt!«, wiederholte sie in Richtung Decke, den Kopf in den Nacken gelegt und mit hängenden Armen.

Seit ein paar Monaten wollte Cécile immer nur schlafen. Immer und überall verspürte sie das Bedürfnis, alles sausen zu lassen, das sie zu ihrem Ärger in ein schlaffes, unnützes Etwas verwandelte. Sie schämte sich ihrer Mattigkeit und widerstand, so gut sie konnte, dem Schlaf, jenem dunklen und hinterlistigen Kontinent, dem man seine Seele nicht mehr als sechs oder sieben Stunden pro Nacht überlassen durfte, wie sie meinte.

An jenem Abend hielt sie das Schwarzweißbild von Raphael in der Dezemberdämmerung mehr als sonst gefangen. Sie klebte förmlich an der Seele des jungen Mannes, dachte lange über ihn nach, versuchte ihn zu verstehen, gab auf. Das Ballett von Max' rhythmischen Schritten über ihrem Kopf und die Hammerschläge, die sie aus Raphaels Zimmer vernahm, lenkten sie endgültig ab. Sie legte die Füße auf die Hausarbeiten, die ihre

Schreibunterlage bedeckten, und ließ sich zum x-ten Mal die Anfänge ihrer unglaublichen und wunderbaren Freundschaft durch den Kopf gehen. Sie liebte diese Erinnerungen, die immer abrufbereit waren und die sie sich wie Bonbons auf der Zunge zergehen ließ, ohne je genug davon zu bekommen. Auch Max kam gerne auf ihre erste Begegnung zurück. Er liebte es, von der Bekanntschaft mit der »Durchgeknallten im Morgenrock« zu erzählen, eine Anekdote, die er jedes Mal mit denselben Worten schloss, »das ist nochmal gutgegangen«, die sie als Würdigung empfand. Ihre Geschichte hatte tatsächlich sehr schlecht angefangen.

Max und Raphael waren drei Jahre zuvor in die Wohnung der sehr alt gestorbenen Madame Valette gezogen. Ohne Vorwarnung veranstalteten sie am Abend ihres Einzugs eine wilde Einweihungsparty. Um drei Uhr morgens zog Cécile den Morgenrock an, den Kopf voller Drohungen, die sie sich schon den ganzen Abend wiederholt hatte, und klingelte im vierten Stock. Max erklärte ihr ganz ruhig, sie solle besser darauf verzichten, die Polizei zu rufen, da eine große Menge Betäubungsmittel in der Wohnung im Umlauf seien. Cécile war wie vor den Kopf gestoßen von der Dreistigkeit des zarten und verführerischen jungen Mannes mit seinen merkwürdigen Zuckungen, die sie den Aufputschmitteln zuschrieb. Sie kehrte in ihre Wohnung zurück, ohne von ihm irgendeine Zusage erhalten zu haben. Als am folgenden Sonntag aus der Wohnung Baulärm und laute Rockmusik kam, wiederholte sie ihre Bemühungen, ohne großen Erfolg, diesmal über die Sprechanlage, um sich nicht vom Charme der neuen Hausbewohner einlullen zu lassen. Niedergeschlagen von deren Unnahbarkeit dachte sie schon daran, Immobilienmakler in der Umgebung anzurufen, um ihre Wohnung zu verkaufen und dem Chaos zu entfliehen.

Eine an ihre Tür geklebte Einladung zum Abendessen mit einer kleinen Zeichnung, die sie selbst mit einem Lächeln darstellte, änderte die Situation. Misstrauisch, aber voller Neugier nahm sie die Einladung der Ruhestörer an.

Als sie mit einer Flasche Champagner bewaffnet und fest entschlossen, die Burschen zu zähmen, deren Wohnung betrat, hielt sie verblüfft inne. Die neuen Bewohner hatten sie gründlich verändert. Schon in der Diele fiel ihr entsetzter Blick auf ein großes, mit Tusche geschmiertes Gesicht an der teuren japanischen Tapete der letzten Bewohnerin. Den Salon der alten Dame hatte Cécile als geräumigen, vor Sauberkeit blitzenden Raum in Erinnerung, der das ganze Jahr nach Bohnerwachs und Suppe roch. Nun waren die in Blattgold gerahmten Bilder, die polierten Möbel und die handgestickten Deckchen unter dem unglaublichen Durcheinander eines Schrotthändlers oder Trödlers, unter Bergen von Plunder und ausgeleerten Werkzeugkästen verschwunden. Das Parkett und die Teppiche, früher sorgfältig gepflegt, hatten ihren Glanz und ihre Farben verloren und waren mit einer dicken Schicht aus grauem Staub und Hobelspänen bedeckt. Das gemütliche und altmodische Heim der alten Valette hatte sich in eine Hobbywerkstatt verwandelt und war nicht wiederzuerkennen.

Beim Essen erfuhr Cécile, dass die jungen Männer

Cousins waren und die alte Valette ihre Großmutter mütterlicherseits. Ruhig und viel erwachsener, als Cécile erwartet hatte, stellten sie sich nacheinander vor. Sie versuchte, die Zuckungen zu ignorieren, die Max' Gesicht entstellten, während er ihr seinen Beruf als Filmrequisiteur erklärte. Für Raphaels Beruf gab es keine Bezeichnung. Als Allroundbastler arbeitete er für Antiquitätenhändler und Privatpersonen. Mit sanfter Stimme, wie früh am Morgen, wenn man gerade aufgestanden ist, erklärte er ihr den Mechanismus einer wundervollen Puppe aus einem Parfümgeschäft der zwanziger Jahre, die sich ohne Pause mit einer Puderquaste über das Gesicht strich. Danach hob er eine Glaskugel hoch, damit sie mit dem Finger winzige ausgestopfte Vögel berühren konnte, die auf zarten, zierlichen Zweigen saßen. Endlich erkannte sie Sinn, Ursache und Notwendigkeit der Geräusche, die sie seit Wochen ertrug. Bis zum Ende der Mahlzeit hörten die beiden ihr aufmerksam zu und hielten sich selbst nicht zurück. Um Raphaels leisen, sorgfältig formulierten und poetischen Sätzen, seiner ruhigen Dreistigkeit und der absoluten Einmaligkeit seiner Ansichten zu folgen, musste man gut aufpassen. Als sie Max beobachtete, wurde ihr klar, dass sie bei ihm jeden Zynismus unterdrücken und seine ambitionierten und heiteren Äußerungen, seine mädchenhafte Erscheinung und seine jungenhafte Gestik einfach hinnehmen musste. Cécile erzählte von ihrem Beruf. Sie verschonte sie mit ihrem Wissen, aber die beiden begriffen, dass hinter der Bescheidenheit eine brillante und gefragte Dozentin steckte, die nur die Doktorarbeiten der Besten betreute.

Beim Nachtisch und ohne Grund verkündete sie ihnen, dass sie vierundfünfzig sei.

Ehe sie aufbrach, schenkte ihr Raphael eine kleine Mandarinente aus Jade, das Symbol ewiger Liebe, erklärte er, als er sie ihr mit beiden Händen überreichte.

An jenem Abend, der ihr Dreierbündnis besiegelte, beschloss sie, den Krach zu überhören, und schwor ihren Nachbarn insgeheim die Treue. Sie hatten einen eigenwilligen Charme, und das war für eine Frau, die seit Jahrzehnten gegen die Klischees und Phrasen von Generationen konturloser Studenten ankämpfte, schon etwas wert. Sie passten nicht zu der selbstverliebten, zynischen Jugend, deren Reden denen von Teleshop-Verkäufern ähnelten und die sie ebenso hasste wie ihr amerikanisches Lächeln. Max und Raphael erahnten ihrerseits die keineswegs harmlosen Winkel und Windungen hinter dem dunstigen Gingeruch, der ihre Nachbarin begleitete.

Und so entstand aus der Zufälligkeit einer Nachbarschaft und der städtischen Magie, die Wege ändern und alle Pläne durchkreuzen kann, plötzlich eine unverhoffte Freundschaft.

Cécile legte sich leicht betrunken in ihr Gästezimmer, den Zufluchtsort für Abende, an denen es bei den Nachbarn laut war.

Wie ein Mantra flüsterte sie ihren alten Säuferschwur, zurückhaltender mit dem Gin umzugehen, dann wurde sie von Raphaels fernen Hammerschlägen und dem gleichmäßige Klappern der Absätze von Louise Brouillard in den Schlaf gewiegt.

2

Der lautlos über Nacht gekommene Schnee hatte eine dichte, blendend weiße Decke über die Bänke des kleinen Parks gelegt, Fahrbahn und Bürgersteig eins werden und alle Feinheiten verschwinden lassen. Louise stand am Fenster und bereute, dass sie ihre Schneestiefel in Bordeaux gelassen hatte. Nachdem sie sich ein paarmal gedehnt hatte, fiel ihr auf, dass die Wohnung völlig still war. Das beunruhigte sie, weil sie sich noch nicht berechtigt fühlte, allein dort zu sein. Ihr Vater, ein alter Bekannter von Max' Mutter, hatte sie geradezu genötigt, dort einzuziehen, bis die Untervermietung zustande käme, die ein Freund aus ihrem Stepptanzkurs versprochen hatte. Schon bei der Ankunft wurde Louise klar, dass man den beiden Bewohnern ihre Anwesenheit aufgezwungen hatte. Sie hatte sich sehr unbehaglich gefühlt und mehrere Tage gewartet, ehe sie sich entschloss, ihre Koffer auszupacken. Außerdem, und das machte die Sache nicht besser, waren Max und Raphael äußerst irritierende Persönlichkeiten. Raphael lebte schweigsam und konzentriert in seinem eigenen, unzugänglichen Bereich. An seine Tischplatte gefesselt und über seine oft minutiöse Arbeit gebeugt, war er ein regungsloser Pfeiler, den nichts von seinem Platz lösen konnte. Max hingegen rannte von früh bis spät in alle Richtungen, ein Kreisel in ständiger Bewegung. Mitgerissen von seiner koboldhaften Leichtigkeit und dem elektrisierenden Schwung hatte Louise ihn zunächst für etwas gehalten, das er nicht war. Für einen jungen Mann von beunruhigender Schönheit, ein Kind seiner Zeit, mit dem sie ihre Abende plaudernd in den umliegenden Bars verbringen würde. Sie war aber rasch ernüchtert, denn der gelockte Erzengel war noch seltsamer als sein Cousin. Der schöne Max, mit Koks gedopt und durch nervöse Zuckungen entstellt, unterwarf sich diversen Ritualen, die er nicht mal zu verbergen suchte. Seine Energie floss in akzeptierte Neurosen, die sein ganzes Leben beherrschten. Er war heiter aus Trotz und großmäulig aus Verzweiflung. Erst wenn ihn die Müdigkeit überwältigte und er nichts mehr für sich selbst tun konnte, schien er die Anwesenheit der anderen zu bemerken und widmete sich ihnen mit einer Hingabe, die sie rührend fand.

So lernte Louise seit mehreren Wochen, sich zwischen der schweigsamen Reglosigkeit des einen und dem unsinnigen Gezappel des anderen zu bewegen. Meistens kommunizierten sie, ohne miteinander zu reden und ohne sich anzuschauen, nach einer festgelegten, aber unlesbaren Choreographie. Louise war in einer lärmenden Familie aufgewachsen, wo die Sätze ohne Belang und ohne Folgen herausschossen, hier musste sie improvisieren und bei den Cousins auch das plötzliche, unangekündigte Verlangen nach Einsamkeit entschlüsseln. Manchmal ertrug sie das Schweigen nicht länger und öffnete die Schleusen, ohne sich um die Folgen zu kümmern, aus reinem Selbsterhaltungstrieb. Die Männer lauschten ihrem Monolog nicht völlig gleichgültig, aber mehr höflich als interessiert. »Ich langweile euch«, sagte sie lachend, und sie wandten sich ihr zu, als bemerkten sie plötzlich ihre Anwesenheit im Raum. Louise hatte sich das alles anders vorgestellt und fühlte sich sehr einsam.

Dennoch bewahrte sie die Hoffnung auf eine mögliche Verständigung, weil eine unausgesprochene Gemeinsamkeit sie vereinte. Alle drei waren verfehlte Künstler, Satelliten im Schlepptau der Fantasie von anderen, die begabter waren als sie. Louise wusste, dass ihren Mitbewohnern das Künstliche ihrer Projekte ebenso wenig entgangen war wie die Zweifel, die sie schlecht hinter ihrer armseligen Hartnäckigkeit verbarg, und sie setzte auf die Gemeinsamkeit ihrer Mühsal, um ihren Platz in dieser Wohngemeinschaft zu finden.

Sie machte ein paar *pas chassés* bis zur Küche, wo sie auf Raphael stieß, der dösend seinen Kaffee trank. Überrascht, ihn dort zu treffen, entschied sich Louise, die alles bedenken musste, für diskrete Zurückhaltung und bereitete lautlos ihr Frühstück zu. Max' Schönheit war erträglich, die von Raphael, der an jenem Morgen in hartnäckiger Träumerei verharrte, jedoch von einschüchternder Seltsamkeit. Bei ihm machte Louise zum ersten Mal im Leben die Erfahrung des absoluten Andersseins. Kein Bezugspunkt konnte sie leiten, es gab kein Muster, keine brauchbare Erinnerung, um zu wissen, wie sie mit ihm umgehen sollte.

Raphael schaute auf den fallenden Schnee, als wäre er allein. Louise, zum Schweigen verurteilt, beobachtete ihn verstohlen und dachte, dass die große Sanftmut dieses Mannes seine Absenzen erträglich machte. Er war da, offen und ungeschützt, ohne Boshaftigkeit, ohne Hinterlist. Seine langen Hände mit den knochigen Fingergliedern hingen an zu dünnen Handgelenken. Seine Finger streiften, ohne zu berühren, und nahmen, ohne zu halten. Aber sobald er sich an die Arbeit setzte, verwandelten sich seine Hände in unerbittliche Präzisionsinstrumente. Raphael war für Louise ein fremdartiges, elegantes Wesen, das die trivialen Pflichten der Realität nur erledigte, um sich am Leben zu halten.

Plötzlich nahm er ihre Anwesenheit wahr und drehte sich um, allmählich bezog sein friedliches Lächeln Louise in sein Umfeld ein. Sie spürte sofort die Wichtigkeit und Zerbrechlichkeit dieses ungewöhnlichen Gesprächs unter vier Augen und zwang sich, durchsichtig zu werden, ihm den Raum zu überlassen, den er brauchte, um zu sprechen.

An jenem Morgen erzählte er ihr fast ohne Pause von seiner Kindheit mit Max. Sie waren wie Brüder bei ihren Müttern aufgewachsen, unzertrennlichen Zwillingen, austauschbaren Frauen ohne jeden Besitzinstinkt. Die Valette-Schwestern waren mehr als dreißig Jahre lang als Gewandmeisterinnen beim Film ein unverzichtbares Paar gewesen. Max und Raphael, ebenfalls austauschbar und nie getrennt, lebten zwischen Kostümen, Stoffballen und Notizbüchern, an deren Seiten

Stoffmuster geheftet waren. Raphael redete lange, und Louise hörte ihm zu, ohne ihn zu unterbrechen. Dann schloss er den zauberhaften Exkurs, wie er ihn eröffnet hatte, sanft und ohne richtigen Abschluss.

Cécile fragte sich, wie man bei den Fortschritten der Orthodontie noch so ein Gebiss haben konnte. Die neue Mitbewohnerin, die sie ziemlich hübsch fand, wurde, sobald sie lächelte, durch ein furchtbares Pferdegebiss entstellt.

»Eigentlich liebe ich den Schnee, das ist immer ein Ereignis. Aber heute passt es nicht!«, sagte Louise. »Ich gebe sie Ihnen heute Abend zurück«, fügte sie hinzu und stellte Céciles Wanderschuhe neben sich. »Es ist wirklich nett, dass Sie sie mir borgen. Das Casting ist sehr wichtig für mich, und ich möchte nicht mit Eisfüßen tanzen.«

»Kein Problem«, sagte Cécile, die von den Erklärungen und Entschuldigungen der jungen Frau allmählich genug hatte. »Ich brauche sie nicht. Ich habe sie mir vor zehn Jahren gekauft, um nach Compostela zu gehen.«

Louise war auf Anraten von Raphael zu Cécile gekommen. Sie kannte sie kaum, aber die Dringlichkeit ihres Anliegens hatte sie schließlich bewogen, ihr diesen Besuch abzustatten. Am Tag nach ihrem Einzug hatte Max die beiden an der Haustür kurz einander vorgestellt, und Louise war nicht sehr angetan gewesen von der dicklichen rothaarigen Frau, die im Fahrstuhl einen berauschenden und altmodischen Geruch hinterließ. Seither hatten sie sich fast jeden Tag mit einem floskelhaften »Guten Morgen« oder »Guten

Abend« begrüßt. Nun war sie ganz überrascht von der entwaffnenden Liebenswürdigkeit der Nachbarin, die sie für arrogant gehalten hatte. Cécile hatte sie in ihrem Wochenendlook, einem eleganten cremefarbenen Jogginganzug, empfangen. Ihre üppige Sinnlichkeit und leichte Körperfülle wirkten wie eine Wärmequelle auf Louise, die sich nicht losreißen konnte. Die Nachbarin sprach temperamentvoll und schüttelte dabei ihr lockiges Haar. Muntere Augen und unzählige Sommersprossen belebten die etwas schlaffen Gesichtszüge. Max hatte ihr erzählt, dass Cécile allein lebte, das wunderte sie. Sie hat den Charme einer Frau, die geliebt wird, dachte sie.

»Sind Sie gläubig?«, fragte Louise.

»Gläubig! O nein! Ich habe mich höchstens dem Sport zuliebe auf diese Wandergeschichte eingelassen. Wie schrecklich! Ich würde es um keinen Preis wiederholen«, sagte sie lachend. »*No Sports!* sagte schon Churchill.« Sie warf ihren schweren Pony zurück und zündete sich eine Zigarette an. »Läuft's gut da oben?«, fragte sie und verdrehte die Augen in Richtung Decke.

»Ja, ja. Ich merke allmählich, dass sie die ganze Zeit arbeiten.«

»Ach so! Umso besser!«

»Max hat einen Auftrag für die Ausstattung eines Kurzfilms, und Raphael ist heute Nachmittag mit jemandem verabredet, der ein Gemälde restauriert haben möchte.«

»Bestens«, sagte Cécile mit einer Zufriedenheit, als hätte sie für Ordnung gesorgt.

»Machen Sie sich Gedanken um sie?«, fragte Louise.

»Ja und nein. Wie geht es mit Raphael?«

»Er fängt gerade erst an, mit mir zu reden. Sie sind beide etwas seltsam«, sagte Louise lachend. »Sie leben in dieser Wohnung wie auf einer winzigen Insel mitten im aufgewühlten Meer. Wenn sie die Tür aufmachen, habe ich immer den Eindruck, dass sie von einem Kriegsschauplatz zurückkommen.« Sie lächelte. »Ich verstehe ihre Beziehung nicht richtig. Sie sind wie Tag und Nacht. Aber ich könnte Ihnen nicht sagen, wer der Tag ist und wer die Nacht. Ich wollte Sie etwas fragen.«

»Was denn?«, ermunterte sie Cécile.

»Haben sie keine Freundinnen? Ich meine richtige Freundinnen?«

Das Liebesleben von Max und Raphael war für Cécile unergründlich. Sie hatte im Fahrstuhl zwei oder drei Mal Mädchen getroffen, aber Max hatte sich nicht die Mühe gemacht, sie ihr vorzustellen. Sie verschwanden mit dem Morgen, und man sah sie nicht wieder. Raphael hingegen schien wie ein Mönch zu leben. Cécile hatte keine Lust, Louise zu verraten, dass sie auch nicht mehr wusste, und entschied sich für eine sibyllinische Antwort.

»Mit der Zeit werden Sie es verstehen. Es steht mir nicht zu, Ihnen zu antworten. Und Sie? Erzählen Sie von sich!«, bat sie fröhlich.

Louise gefielen die funkelnden Augen und die ehrliche Aufmerksamkeit der Nachbarin. Sie erzählte ihr, dass sie an Castings für Werbespots teilnahm. Ermutigt durch Céciles Nicken, kam sie auf ihren Traum: eine musikalische Komödie über Rita Hayworth, ihr Idol und ihre fixe Idee.

»Rita Hayworth?«, fragte Cécile überrascht.

Zu der amerikanischen Schauspielerin fiel ihr nicht viel ein. Sie erinnerte sich vage, dass sie mit Ali Khan verheiratet und an Alzheimer gestorben war. Sonst war Cécile immer diejenige, die alles wusste, und sie freute sich über diesen Rollenwechsel.

»Die Lady von Schanghai, Gilda. Erinnern Sie sich an *Gilda*?«

»Dunkel«, gab sie zu und verzog etwas ratlos das Gesicht.

»Put the blame on Mame, boys«, trällerte Louise fröhlich mit einer sehr annehmbaren englischen Aussprache und kratzte dabei auf den Saiten einer unsichtbaren Gitarre.

Sie stand auf und stellte sich mitten ins Wohnzimmer, nachdem sie mit dem Fuß den Kelim beiseitegeschoben hatte, der das Parkett bedeckte.

»Haben Sie fünf Minuten?«

»Ich habe alle Zeit der Welt!«

»Dann zeige ich es Ihnen.« Louise spreizte leicht die Beine und stemmte die Hände in die Hüften. Sie überlegte mit gesenktem Kopf. »Nein, ich werde Ihnen nicht *Gilda* vorspielen, das kennen alle. Aber Rita Hayworth war eine unglaubliche Tänzerin, das wird leicht vergessen und genau das interessiert mich.« Louise bauschte ihre langen schwarzen Haare auf, schüttelte den Pony und holte mit geschlossenen Augen tief Luft. »Versuchen Sie, sich die Szene vorzustellen«, sagte sie. »Latino Swing, Xavier Cugat und sein Orchester, Fred Astaire und Rita. Er cool, ganz in Weiß, sie in kurzem Plisseerock, Socken und Schuhe zweifarbig. Stellen Sie sich die vierziger Jahre vor, die Lust, sich zu amüsieren, um den Krieg zu vergessen.«

Cécile hatte es sich auf dem Sofa bequem gemacht und versuchte, sich zu konzentrieren.

»Ich leg los«, sagte Louise.

Sie trat auf der Stelle, um in den Rhythmus zu kommen, dann fing sie an, über das Wohnzimmerparkett zu steppen.

Etwas besorgt sah Cécile sie durch das Zimmer wirbeln und in wenigen Sekunden verblüffende Schrittfolgen ausführen. Sie trommelte mit Händen und Füßen, zeigte ihr Pferdelächeln und strahlte vor Glück.

»Jetzt«, sagte sie und warf den Kopf zurück, »muss man sich ein *Pas de deux* mit Fred vorstellen.«

Louise umschlang ihren imaginären Partner und drehte sich in seinen Armen um das Sofa, beide in perfektem Einklang. Sie ließ ihn los, steppte wild auf der Stelle, die Knie tief gebeugt, eine komplizierte und brillante Tanzfigur. Wie in einem Trickfilm blieb ihr Oberkörper reglos, während die Beine virtuose Figuren ausführten.

»Ritas Arme sind ihre Schwäche, aber auch das, was sie menschlich macht«, flüsterte Louise, während sie ihre ausgebreiteten Arme leicht anwinkelte. »Rita tanzt, als wäre es ganz einfach. Ich weiß nicht, ob Sie das spüren«, fügte sie hinzu, während sie sich auf der Stelle drehte. »Sie ist sehr talentiert, denn eigentlich lähmt sie das Lampenfieber, aber Fred ist mit ihr zufrieden, er findet sie toll. Man sieht ihr weder die Angst noch die Überwindung an, sie ist einfach nur ein Mädchen, das sich amüsiert. Da nimmt er sie wieder in die

Arme. Eng umschlungen gleiten sie gemeinsam von der Bühne.«

Louise hielt inne. Atemlos stützte sie die Hände in die Hüften.

»Wunderbar!«, rief Cécile und klatschte.

Louise schüttelte den Kopf.

»Es fehlen die Musik und die Steppschuhe, das ändert alles. So ist es wie ein Film ohne Ton.«

»Sie haben Talent«, versicherte Cécile.

»Ja, ich glaube.« Louise seufzte. Sie griff nach den Wanderschuhen, dankte Cécile und ging, immer noch außer Atem, Richtung Tür. »*Gilda* zeige ich Ihnen ein anderes Mal.« Schon im Treppenhaus sagte sie: »Beinahe hätte ich es vergessen. Die Mütter von Max und Raphael kommen heute Abend zum Essen. Die Jungs wollen wissen, ob Sie auch kommen.«

»O nein! Nicht die *Hanni-Bannis*«, sagte Cécile und fasste sich an die Stirn.

»Die was?«

»Hanni-Bannis. Das ist der Spitzname, den sie ihren Müttern verpasst haben.«

»Tag und Nacht und Hanni-Bannis. Das ist komisch! Haben Sie keine Lust zu kommen?«

»Ich weiß nicht. Rechnet nicht mit mir. Und viel Glück für heute Nachmittag«, rief sie Louise hinterher, die schon im Treppenhaus verschwunden war.

Cécile blieb noch einen Moment verblüfft auf der Schwelle stehen. Als Max sie einander vorgestellt hatte, war ihr der Neuzugang arrogant vorgekommen, aber sie hatte sich getäuscht. Louise Brouillard, winzig in ihrem schwarzen Samtmantel, ein resolutes Mädchen mit rosa Teint und dunklen Augen, hatte so gewirkt, als wären die anderen nur dazu da, ihr zuzuhören. Sie hatte, ein Auge auf dem Handy, das andere schweifen lassend, im Eiltempo ihren Lebenslauf abgespult, bevor sie auf ihr Projekt einer musikalischen Komödie zu sprechen kam, ein Einpersonenstück nur für sie. Cécile hatte sich über das Selbstbewusstsein des Mädchens geärgert, für das die Verwirklichung ihrer Wünsche eine bloße Terminfrage zu sein schien.

Cécile schloss die Wohnungstür, ließ sich wieder auf dem Sofa nieder und schenkte sich das Glas Wein ein, das sie sich in Louises Gegenwart nicht genehmigt hatte. Das Mädchen besaß die Unverfrorenheit jener vorlauten Studenten, die ihr zu Semesterbeginn mit den ewig gleichen pingeligen Forderungen das Leben vergällten, bevor sie beim Herannahen der Klausuren in den Reihen des Vorlesungssaales untertauchten. Nachdem sie lautstark ihre Position erobert hatten, machten sie sich an die Arbeit und hielten sich im Hintergrund. Louise hatte was von dieser Hoffart auf allen Ebenen, die sie veranlasste, lauter als die anderen zu sprechen, um sich künftig ihren Frieden zu sichern. Da beschloss Cécile, Louise vorbehaltlos zu lieben.

3

An der Wand hinter den Gleisen strahlte das riesige Gesicht eines Teenagers wegen der Attraktionen eines neuen Freizeitparks. Raphael, ein Profi des schönen Scheins, studierte in den bearbeiteten Gesichtszügen des jungen Mannes, wie es der Künstler angestellt hatte, aus ihm einen so typischen Vertreter seiner Gattung zu machen. Haut, Haare und Zähne waren sorgfältig poliert, damit sich jeder darin wiedererkennen konnte. Raphael würdigte das ebenso wunderbare wie erschreckende Können und stellte sich anstelle dieses Trompe-l'œil ein spätes, vier mal drei Meter großes Selbstporträt von Lucian Freud vor. Er fragte sich, ob sein durch das Alter verwüstetes und von einem wütenden Pinsel mit grauer und rosa Ölfarbe zerfurchtes Gesicht nicht beruhigender wirkte als diese Plastikköpfe. Bevor er in den Zug stieg, versenkte Raphael den Blick in den des Vergnügungsparkfans und fand darin nur erschütternde Leere. Der Tod war nicht darin, aber auch kein Leben.

Im nahezu leeren Abteil döste er mit offenen Augen. Er hatte schlecht geschlafen und war mehrmals durch Louise geweckt worden, die sich nachts immer an den

Möbeln stieß. Die fröhlichen Lieder der musikalischen Komödien, die sie sich mit leise gedrehtem Ton immer wieder ansah, breiteten sich bis zum frühen Morgen in der gesamten Wohnung aus. Max machte sich über sie lustig und sagte, der amerikanische Film sei etwas für Kinder. Unbeeindruckt erwiderte sie, dass sie ihn eben darum liebe. Raphael hatte Mühe, sich mit Louises Anwesenheit in der Wohnung abzufinden. Zuerst hatte er sie von weitem beobachtet und sich an ihrem Geruch, ihrem aufrechten Mädchenkörper und den ständigen Tanzschritten gestört. Dann hatte er sich allmählich damit abgefunden, mit der naiven Provinzlerin zusammenzuwohnen, die ihre Erwartungen ohne Berechnung und mit einer gewissen Eleganz auf alle anderen richtete. Max würde ihr wehtun, ihr auch. Und dann heißt es, jeder für sich, dachte er, während er energisch seinen mit Schneematsch bedeckten Hosensaum säuberte.

Nach dem Umsteigen in Madeleine konzentrierte er sich auf seine Verabredung, die ihn quälte. Mit Unbekannten zu reden und sein Talent zu rühmen, war eine unumgängliche Pflicht, ein schlimmer Moment, den auch jahrelange Übung nicht einfach nur langweilig gemacht hatte. Er überlegte sich, dass Max alle Talente auf sich gezogen hatte und gestand Louise eine ziemliche Dreistigkeit zu, ihre Tanzschritte oder ihr Gesicht an Werbeleute zu verkaufen.

Als Raphael aus der Metro kam, schlotterte er. Es schneite nicht mehr, aber in den Straßen hing immer noch eisige Feuchtigkeit. Das vornehme Stadtrandviertel seiner Kundin war wie ausgestorben, und er begegnete nur einem philippinischen Kindermädchen mit einem leeren Buggy und einer die Straße entlangeilenden Concierge. Er drückte eine schwere schmiedeeiserne Tür auf. In der dritten Etage öffnete ihm ein Dienstmädchen und ließ ihn auf einem Stuhl in der Diele warten, die so groß wie das Wohnzimmer der Valettes war. Sekunden später stürmte ein Mann durch eine Seitentür herein und blieb vor ihm stehen. Er war groß, steif, in einen dunklen Anzug gezwängt, mit glänzender Krawatte und makellosem Hemd, und sah aus, als würde ihm gleich das Gehirn aus dem Kopf quellen. Er kochte vor Wut und starrte Raphael aggressiv an.

»Wer sind Sie?«, fragte er.

Raphael hatte keine Zeit für eine Erklärung.

Eine Frau kam durch dieselbe Tür gerannt und stellte sich zwischen sie.

»Er holt das Gemälde ab«, sagte sie leise.

Der Mann fragte nichts weiter und ging wortlos hinaus.

Als seine Kundin im gedämpften Licht der Diele näher trat, versetzte es Raphael einen Stich. Er erkannte seine Doppelgänger auf den ersten Blick. Verschreckt, aber mutig, mit schrägem Blick, den Kopf etwas vorgestreckt und den Mund halb geöffnet, kam die Frau auf ihn zu wie auf eine Katastrophe. Er stand auf und stellte fest, dass sie fast so groß war wie er. Die Schüchternheit der Riesen, dachte er, als er die Hand drückte, die sie ihm hinstreckte. Sie beobachteten einander sekundenlang mit unsicherem Blick, unfähig zu sprechen. Dann forderte sie ihn mit einer Bewegung auf, ihr in einen Salon zu folgen, den Raphael gut kannte. Er war identisch mit den anderen, Prototyp des großbürgerlichen Interieurs, in dem die meisten seiner Kunden lebten. Das Geld steckte in einer langweiligen, ewig gleichen geschmackvollen Einrichtung, die Persönlichkeit der Besitzer war sorgfältig hinter diskret perlmuttschimmernden Vorhängen und cremefarbenen Sofas verborgen. Sie führte ihn zu einem Bild, das auf einer kleinen Konsole stand.

»Es ist ziemlich beschädigt«, sagte sie entschuldigend.

Sie strich mit der Hand über das Bild und hielt an einem kleinen Riss inne, der entlang des rechten Beins einer Frau ausfranste. Das Bild zeigte eine idyllische und entfernt erotische Szene.

»Man hat mir gesagt, Sie können alles«, sagte die Frau und forderte ihn auf, sich neben sie zu setzen.

»Keineswegs!«

»Soll man nicht so tun, als könne man alles?«, erwiderte sie.

Etwas verunsichert beschloss er, ihr den gleichen abgedroschenen Vortrag zu halten, den er bei all seinen Kunden abspulte, um seinen Beruf zu beschreiben.

»Ich bin weit davon entfernt, alles zu können. Von Uhrmacherei verstehe ich nicht viel, obwohl ich mit Automaten ganz gut klarkomme. Intarsienarbeiten und Holz mag ich ganz gern. Ich repariere kleine Schäden an Porzellan, aber an Biskuitporzellan gehe ich nicht ran. Ich habe gelegentlich Aufträge angenommen, ohne die Techniken wirklich zu beherrschen. Vieles habe ich mir selbst beigebracht. Mein erstes Spezialgebiet war das Trompe-l'œil.«

Sie hörte aufmerksam zu und schien sich größte Mühe zu geben, aus ihrer Welt aufzutauchen, als lauschte sie geflüsterten Sätzen, die aus der Tiefe eines Brunnens kamen.

»Das Trompe-l'œil?«

Ein Klingeln ließ sie zusammenzucken. Sie drehte den Kopf, wartete auf die Fortsetzung, auf Geräusche, die in dieser Wohnung mit den tausend Türen nur für sie einen Sinn ergaben. Raphael spürte ihre Panik. Nun erst fielen ihm ihr blasses Gesicht und ihre fast weißblonden, kurzen Haare auf. Sie trug einen weißen Rollkragenpullover und eine hellblaue Hose. Es war unmöglich, sie sich draußen vorzustellen, so zerbrechlich und durchscheinend wie sie aussah. Sie wirkte geradezu gedemütigt. Raphael versuchte, sich an ihren Vornamen zu erinnern. Eva. Eva wiederholte er bei sich, während er sie ansah. Mehrstimmiges Geschrei, zu weit entfernt, um verständlich zu sein, hielt seine Kundin in Atem, sie war in Erwartung einer Gefahr erstarrt. Wieder knallende Türen, Telefonklingeln, dann nichts mehr. Aufs Neue legte sich die bürgerliche Stille über sie.

»Entschuldigen Sie. Ich höre Ihnen zu. Wovon sprachen wir gerade? Vom Trompe-l'œil, nicht wahr?«

»Ja. Die exzellente Fälschung. Die Illusion. Wenn man nicht mehr weiß, woran man ist.«

Er erklärte ihr, dass er sich mehr für den Hintergrund und die Details der Bilder interessierte als für die Bilder selbst.

»Ich bin gewissermaßen ein Fälscher. Ich interessiere mich für die Wolken, die Bäume, das Gold, für das

Weiß, aus dem das Glas in einem Stillleben besteht, den Faltenwurf, der einen verrückt macht, für Kacheln, die Perspektiven verfälschen, oder die Maserung des Marmors. In den Mariä Verkündigungen sehe ich nur die Flügel des Erzengels und die Lilie, die er der Jungfrau reicht.«

Leichte Panik zog durch den Blick der Frau, die sie überspielte, indem sie ihre Hände betrachtete. Raphael schwieg.

»Also machen Sie es?«, fragte sie mit ehrlichem Bemühen, begeistert und leicht zu wirken.

Er überlegte. Jetzt war der Moment, über Geld zu sprechen.

»Nehmen Sie es gleich mit?«, fragte sie, ohne zu warten. »Oder wollen Sie überlegen und noch einmal vorbeikommen?«

»Ich nehme es gleich mit, wenn Sie einverstanden sind.«

Ihn graute bei der Vorstellung, erneut in diese deprimierende Wohnung zu kommen und sich noch einmal vor diesem nordischen Geist anzupreisen, der unfähig war, auch nur einen längeren Satz zu formulieren.

Eva zeigte keine Reaktion, sprach nicht über Geld und brachte ihn zur Tür.

Raphael nahm die Metro in die entgegengesetzte Richtung. Betäubt durch die Hitze des Wagens, spürte er, wie sich sein Körper nach und nach entspannte. Dieser post-traumatische Zustand nach der ersten Begegnung war ihm vertraut, die langsame Entkrampfung der Muskeln und der Nerven, die auf die extreme

Anspannung und die mühsamen Sätze folgte, die er während seiner Gespräche in einem Atemzug abspulte. Dennoch bewahrte Raphael in seinem Herzen eine eigenartige Zärtlichkeit für die Frau, die ihm ähnlich war. Auch sie hatte ihn gewiss erkannt. Er betrachtete das beschädigte Bild, das auf seinem Schoß lag. Das seltsame, zwischen seinen Spiegeln verlorene Wesen war nicht auf den Gedanken gekommen, ihm eine Tasche zu geben, um das Gemälde zu transportieren, das die Aufmerksamkeit auf sich zog. Eva litt offenkundig an einem Mangel an Geistesgegenwart, typisch für Frauen, die ständig bedient werden und, weil sie alles delegieren, ganz in sich gefangen bleiben. Dann bemerkte Raphael das Mädchen, das ihm gegenübersaß. Sie hatte einen abgenutzten Kosmetikbeutel aus der Tasche geholt und schminkte sich vor einem kleinen Spiegel. Alles, was aus dem Beutel kam, war mit einem beigen Puderschleier bedeckt. Zuerst trug sie Mascara auf die Wimpern auf, dann bedeckte sie ihre Wangen mit einer seidig glänzenden rosa Schicht, bevor sie auf ihre Lippen ein cremiges Knallrot auftrug. Raphael wandte den Kopf ab und fühlte sich plötzlich sehr unwohl. Das Gesicht der geschminkten Frau ließ gefährliche Erinnerungen aufsteigen, die er schnell ersticken musste. Bilder von seinen heimlichen Spielen mit Max zogen in beängstigender Klarheit hinter dem Zugfenster vorbei. Er suchte etwas, worauf er sich konzentrieren konnte, um seine Angst zu vertreiben. Es musste schnell gehen, und er richtete den Blick auf ein altes chinesisches Paar, das auf Klappsitzen saß. Die beiden waren fast identisch, man konnte nicht sagen, wer der Mann und wer die Frau war. Die asiatischen Zwillinge erinnerten ihn an die Hanni-Bannis und das näher rückende Abendessen. Als er aufstand, um auszusteigen, fing das Mädchen mit der Schminke gerade noch Evas Bild auf, ehe es zwischen ihren Beinen zu Boden fiel.

Als Raphael die Wohnung betrat, fiel ihm auf, dass sie halbwegs aufgeräumt war. Man konnte von der Diele bis ins Wohnzimmer gehen, ohne Gegenstände mit dem Fuß wegschieben zu müssen, um sich einen Weg zu bahnen. Das war das Minimum, wenn sich die Valette-Schwestern ankündigten, denn ihre Besuche waren ebenso anstrengend wie die eines Finanzinspektors für den Steuerbetrüger. Sie kamen kontrollieren, ob die Wohnung keine neuen Schäden erlitten hatte, ob Max und Raphael arbeiteten und die Nachbarn sich nicht beschwerten.

Max stand mit nacktem Oberkörper und leicht gerötetem Kopf in der Küche und rührte mit einem Holzlöffel in einem dampfenden Topf.

»Ist es gut gelaufen?«, fragte er Raphael.

Er kniff die Augen zusammen, um sie vor dem Rauch der Kippe zu schützen, die zwischen seinen Lippen hing. Max' große Unruhe verriet Raphael, dass er noch keine Line gezogen und wahrscheinlich einen schlechten Tag hinter sich hatte. Mit der freien Hand strich er sich ständig über den Bauch unter den Rippen, eine seiner ältesten, noch aus seiner Kindheit übrig gebliebenen Macken, und das war kein gutes Zeichen. Bald würde er ausrasten. Max schwitzte und unterdrückte die Entzugserscheinungen mit irgendwelchen Ticks. Raphael hatte einmal gesehen, wie er wieder und wieder ein Geschirrtuch auf der Heizung ausbreitete, niemals zufrieden mit dem Ergebnis. Er wandte sich ab, um sich das Schauspiel von Max' weißem Oberkörper und seiner rastlos über die Rippen streichenden Hand zu ersparen.

»Hallo! Ich rede mit dir! Ist es mit deiner Kundin gut gelaufen?«

»Ja, ja. Eine überraschende Frau. Wie ein Polartier.« Raphael reckte sich. »Ich glaube nicht, dass ich ihr Bild restaurieren kann.«

»Warum hast du es dann angenommen?«

»Ich habe mich nicht getraut, nein zu sagen.«

»Oberschicht?«

»Absolut. Aber Oberschicht sehe ich jeden Tag, sie ist ganz anders. Sie hört dir mit offenem Mund zu, als erwarte sie von dir ein Wunder.«

»Zahlt sie gut?«

»Darüber haben wir nicht gesprochen.«

Max lachte böse.

»Mein armer Raphael! Wir werden nie reich!«

Verärgert nahm sich Raphael ein Bier aus dem Kühlschrank, streckte seine langen Beine aus und blätterte gelangweilt in dem klebrigen Kochbuch.

»Und du?«

»Ich frage mich auch, warum ich diesen Scheißjob angenommen habe«, schimpfte Max. »Er ist schlecht bezahlt und Bréguet ist total bescheuert. Der Knallkopf hat sich nicht geändert.«

Nun lachte Raphael. Er erinnerte sich gut an Pascal Bréguet. Bréguet Pascal, sagte er, wenn er sich vorstellte. Er kam immer mit zerfetzten Jeans und Markenshirts zum Unterricht. Später hatte er an einer Filmschule studiert und danach von der Stiftung einer Bank ein Stipendium bekommen, um einen Kurzfilm zu drehen. Max erklärte Raphael, dass sich die ganze Handlung in einem Esszimmer abspiele.

»Kleinbürgerliches Milieu. Ein Ehepaar sieht sich mit seinen drei Kindern die Ereignisse vom Mai 68 an. Sie sitzen am Esstisch, und die Bilder laufen im Fernsehen. Die Kinder denken, das ist der Krieg. Die Eltern kriegen sich in die Wolle, über den Sinn des Ganzen und wie sie es den Kindern erklären sollen.«

Max hatte zugesagt, weil es einfach war. Nur ein Szenenaufbau, wenig Kamerabewegungen im Raum, konstante Beleuchtung, außerdem war er, was selten vorkam, für die ganze Ausstattung zuständig, nicht nur für die Requisiten, wie es sonst bei Dreharbeiten üblich war. Der Haken war Bréguet.

Max legte den Holzlöffel auf den Rand des Spülbeckens, zündete sich eine neue Zigarette an und nahm einen tiefen Zug. Dann wandte er sich dem Geschirrtuch zu, überlegte es sich anders, setzte sich Raphael gegenüber und starrte ihn verstört und verzweifelt an. In solchen Momenten konnte Max je nach Grad seiner Erschöpfung und der Menge an Drogen, die er über den Tag hinweg konsumiert hatte, sehr brutal werden. Raphael verbarg seine Sorge und sah zu, wie er nach einem Blatt zwischen den Seiten des Kochbuchs griff, das mit der Schrift von Großmutter Valette bedeckt war.

»Ossobuco von Madame Tavernier«, las er eifrig vor. »Drei dicke Scheiben Kalbshaxe, acht Zwiebeln.«

Raphael begriff, dass Max ihn nicht mehr in der Küche haben wollte. Er wollte allein sein, um sein Pulver auf dem Wachstuch auszubreiten und sein Geschirrtuch auf der Heizung glattzuziehen.

Raphael verließ den Raum und konnte Louise im letzten Moment daran hindern, Max in Aktion zu sehen. Er zog sie ins Wohnzimmer und fragte, wie ihr Casting gelaufen sei.

»Nicht übel«, sagte sie, wie überrascht von ihrem Glück. »Gar nicht übel. Die Antwort bekomme ich in zwei Tagen.« Sie zog Céciles Wanderschuhe aus und holte eine Zeitschrift aus ihrer Sporttasche, die sie an einer eingeknickten Seite aufschlug. Sie hielt sie Raphael hin, und er erblickte auf dem Glanzpapier eine majestätische Louise im Herzen einer perfekten Stadt, einer Architektenutopie, durch die glückliche Menschen wandelten. Sie stand auf einem blitzblanken Bürgersteig, eingeschlossen in einer Perlmuttblase, die ihre unantastbare Privatsphäre symbolisieren sollte, lächelte mit geschlossenem Mund und drückte ein Markentelefon ans Ohr.

»Starre ist in«, sagte sie. »Das globale Dorf auch. Und der urbane, in eine fließende Welt integrierte Mann von der Straße, der in die Zukunft schaut. Ich wiederhole nur, was ich bei den Dreharbeiten gehört habe.« Sie schlug die Zeitschrift wieder zu und steckte sie in die Tasche. »Glaubst du, es fängt wieder an zu schneien?«, fragte sie, während sie sich die Füße massierte.

»Keine Ahnung«, seufzte Raphael.

Louise sprach vom Wetter, ihren Wünschen und ihren Plänen, immer mit einer Ungezwungenheit, die ihn verwirrte. Mit einer großen Leichtigkeit kamen aus ihrem Mund genau die Worte, derentwegen Raphael niemals in seinem Leben irgendwen gefragt hatte, ob es wieder anfangen würde zu schneien.

Er hörte, wie Max hinter der geschlossenen Küchentür sein Pulver schnüffelte. Die Gefahr war vorbei.

4

Louises Blick wanderte vom einen Gesicht zum anderen, als wäre es ein Spiel und sie müsste die sieben Unterschiede finden. Die Valette-Schwestern waren sich so ähnlich, dass man beinahe irre wurde, wenn sie nebeneinander saßen. Jede für sich genommen, waren Françoise und Marie-Ange die Banalität in Person. Sie sahen aus, als wären sie schon verwelkt zur Welt gekommen. Wenn man sie genauer betrachtete, erkannte man in ihren Zügen etwas von ihren Söhnen. Max' lange, feine Nase, Raphaels Augen und die Valette-Hände mit den endlos langen Fingern. Das stumpfe Haar und die mandelförmigen Fingernägel der Zwillinge schienen im gleichen Tempo zu wachsen, und ihre Haut schlug an den gleichen Stellen Falten. Ihre Organe müssen im gleichen Rhythmus altern, dachte Louise, die zwischen Faszination und Abscheu schwankte.

»Rita Hayworth?«, wunderte sich Marie-Ange, als sie sich noch einmal vom Ossobuco nahm.

»Die gute alte Rita!«, sagte Françoise wie ein Echo.

Louise fiel auf, dass die Schwestern immer zur selben Zeit dasselbe anschauten. Unter ihrem doppelten Blick bekam sie es mit der Angst zu tun.

»Erinnerst du dich an *Gilda*?«, fragte Marie-Ange mit einem Blick zu ihrer Doppelgängerin. »An das Etuikleid aus Satin von Jean-Louis?«

»Natürlich! Das Kleid war inspiriert von? Na, von wem?«

Françoise forderte ihre Schwester heraus.

»Vom *Porträt von Madame X* von Sargent!«, antwortete Marie-Ange wie aus der Pistole geschossen, als säße sie beim Fernsehquiz. »Und das Spitzenjäckchen, aus welchem Film war das noch gleich? Hilf mir. Ein eng anliegendes weißes Oberteil ohne Ärmel, mit rundem Kragen.«

»Das ist aus *Ein schönes Mädchen wie du*«, sagte Louise, der das Spiel zu gefallen begann.

»Mmm«, brummte Marie-Ange, die die junge Frau ignorierte.

»Sie hatte sehr schönes Haar und ordentliche Schenkel, aber zierliche Knöchel«, sagte Françoise.

Marie-Ange pflichtete ihr bei.

»Schauspielerinnen haben oft dicke Waden und kräftige Knöchel. Bei manchen sind es wahre Pfähle. Die Hepburn hatte das Problem gelöst, indem sie lange Hosen durchsetzte.«

Die beiden Frauen lachten kopfschüttelnd. Sie hatten vergessen, dass sie nicht allein waren, und freuten sich über Witze, die nur sie verstanden.

»Man spricht immer von den Beinen der Dietrich oder von Cyd Charisse. Judy Garland hatte auch sehr schöne Beine«, urteilte Françoise.

»Ja, aber das war auch das Einzige, was sie hatte, die Arme!«, sagte Marie-Ange halblaut, als sei die Schauspielerin in der Nähe. »Erinnerst du dich an die roten Schuhe im *Zauberer von Oz*?«

Françoise verdrehte selig die Augen.

»Wir waren so verrückt danach, dass eure Großmutter jeder von uns ein Paar machen ließ«, sagte sie, an Raphael und Max gewandt.

Die beiden Schwestern verstummten gleichzeitig und seufzten vor Wohlbehagen und Nostalgie.

Louise schaute sie hilflos an. Sie fühlte sich betrogen und ihrer Idole beraubt. Die beiden Frauen kannten alles, hatten alles erlebt und verachteten, was ihnen entgangen war. Sie grapschten nach den Guten und den Bösen, den Schönen, den Hässlichen, den Stars und den Sternchen und reduzierten die Märchen und Legenden der schmachtenden Götter ihres Olymps auf hässlichen Tratsch. Sie hatten Cary Grant, die Liebe ihres Lebens, als »alte Tunte« bezeichnet, hatten sich über »Glenn Ford, diesen Dummkopf« lustig gemacht! Sie hatten über Gary Cooper gelästert, ihn einen »alten, versoffenen Casanova« genannt, »abstoßend mit seinem Hosenbund über dem Nabel und seinen bis zum Kragen zugeknöpften Bauernhemden«. Niemand fand vor ihren Augen Gnade außer Gene Tierney mit ihrer mädchenhaften Figur. Ihr Mund, hach!, ihr Mund, da schmolzen sie dahin. Raphael und Max hatten während der ganzen Mahlzeit praktisch kein Wort gesagt, sie waren so passiv, als säßen sie vor dem Fernseher.

Nach kurzem Schweigen hielt Marie-Ange ihren leeren Teller hoch.

»Ist das Arcopal?«

»Sieht ganz danach aus«, antwortete Françoise.

Max erklärte, er wolle die Requisiten des Kurzfilms testen und es seien tatsächlich Teller aus Arcopal, die er im Internet gefunden habe. Er fügte hinzu, die Tischdecke wirke zu neu und er müsse sie noch mehrmals waschen, um sie weicher zu machen. Françoise strich über den Stoff.

»Dieser Tick mit dem Braun! Das habe ich nie begriffen. Weißt du noch? Damals war alles braun.«

»Ja, oder orange«, ergänzte Marie-Ange. »Oder noch schlimmer, Braun *und* Orange. Wenn möglich aus Samt. Üble Zeit. Wir sind zu spät gekommen. Vor dem Farbfilm war der Beruf viel interessanter. In Schwarzweiß mussten die Stoffe glänzen und die Falten perfekt fallen. Man besetzte alles mit Pailletten und fing die Blicke mit dem Funkeln von Strass ein. Das war noch was anderes!« Marie-Ange griff nach dem Glas und drehte es vor ihren Augen. »Bist Du sicher, dass sie zu den Tellern passen?«

»Absolut«, antwortete Max etwas spitz.

Und er fügte hinzu, dass ihm noch Requisiten fehlten.

Marie-Ange fragte nach der Kostümbildnerin des Kurzfilms und verzog skeptisch das Gesicht, als sie einen Namen hörte, den sie nicht kannte. Die Valette-Schwestern waren ziemlich verbittert und überzeugt, dass der Beruf mit ihnen ausgestorben war. Sie hatten eine steile Karriere gemacht, dann aber nicht gemerkt, wie der Wind sich drehte, allmählich waren sie vom Radar verschwunden und arbeiteten für immer weniger renommierte Regisseure. Schließlich landeten sie beim Fernsehen und verbargen ihre Verachtung hinter den schönen Resten ihres Könnens.

Max holte eine nackte Barbiepuppe aus einer Schachtel und reichte sie seiner Mutter.

»Könntest du ihr ein Abendkleid nähen, eng anliegend und aus Lamé?«

»1968, ja?«, fragte sie und steckte die Puppe in ihre Tasche.

Cécile kam, als Max den Nachtisch brachte. Die zwei Schwestern mochten »die Lurçat« nicht, fanden sie feindselig und unaufrichtig. Sie verstanden nicht, warum eine Frau in ihrem Alter ständiges Aufenthaltsrecht in der Wohnung ihrer Söhne genoss. Es gab einen Moment der Neuordnung, ein wohltuendes Luftloch, das das Gleichgewicht veränderte. Cécile war ungezwungen und witzig. Sie hatte gespürt, dass sie so sein musste, als ihr beim Betreten des Wohnzimmers die Steifheit von Max und Raphael ins Auge gesprungen war, die aufrechte und gehemmte Haltung, die sie stets in Anwesenheit ihrer Mütter einnahmen. Sie warten auf das Ende, sie warten, dass sie gehen, das ist die Ordnung der Welt, dachte sie.

Cécile hatte schließlich beschlossen, doch noch vorbeizuschauen, um Louise zu unterstützen, die noch nicht auf die Valette'sche Rauheit eingestellt war. Die junge Frau starrte voller Unbehagen ins Leere und wirkte so angespannt, als würde sie von wilden Zahnschmerzen gequält. Die Valettes, erhitzt vom Alkohol und ihrem Doppelmonolog, starrten Cécile mit ihren eisigen Huskyaugen an. Die beiden Hexen töteten alles, was sich um sie herum bewegte, ein eingespieltes Paar, das die Kunst beherrschte, auch die kampferprobtesten Zuschauer zu besiegen. Schon bei der ersten Begegnung hatte Cécile instinktiven Widerwillen gegen die zungenfertigen Frauen mit ihrer pfeifenden Redeweise und den verschränkten Armen vor ihren schlaffen Brüsten verspürt; Anastasia und Drizella der Neuzeit, beide gleich schlecht frisiert, herausgeputzt mit Kleidungsstücken, die von früheren Filmen übrig geblieben waren. Sofort verabscheute sie die gespielte Gleichgültigkeit gegenüber ihren Söhnen und den Schaden, den sie ihnen zufügten.

Cécile bereute, dass sie Louise nicht vor der perfiden Art der beiden Verrückten gewarnt hatte. Sie hätte ihr erklären müssen, dass die beiden unzerstörbar waren, weil sie einander alles verziehen, und dass es zwecklos war zu kämpfen. Da ihnen die Vorsicht von Einzelwesen abging und sie sich durch ihre Autarkie stark fühlten, konnten sie sich alles erlauben. Sie trieben sich gegenseitig an wie Gauner. Das ist ihre Stärke, aber auch ihre Schwäche, dachte Cécile. Ihr Zwillingsdasein lässt ihnen keine Möglichkeit, sich zu bessern, treibt sie förmlich an, immer noch weiter zu gehen. Das Szenario wiederholte sich bei jedem Essen und drehte sich meistens um ihre Karriere oder die Kindheit ihrer Söhne. Cécile war auch aufgefallen, dass die Schwestern sich niemals wiederholten. Sie hatten eine übermenschliche Menge von Anekdoten auf Lager, ein unerschöpfliches Gedächtnis, das sie zu zweit pflegten.

»Kaffee?«, fragte Max und schob brutal den Stuhl zurück.

Er verließ den Tisch, gefolgt von den Blicken der Gäste, die nicht mehr wussten, wohin sie schauen sollten.

Wer glaubte, die Valette-Schwestern würden sich an diesem Abend darauf beschränken, über die Beine der Starlets herzuziehen, kannte sie schlecht. Max brachte Tassen, goss den Kaffee ein, verzog konzentriert und schweigsam sein bleiches Gesicht. Cécile hörte förmlich das Pfeifen der Granate, die auf dem Tisch landen würde. Alle warteten auf den Moment, außer Louise, die glaubte, plötzliche Müdigkeit habe die Energie und Dreistigkeit der beiden Frauen besiegt. Françoise drehte unheilverheißend den Löffel in der Tasse. Sie strahlte vor Gemeinheit, während sie ihren Coup vorbereitete. Neben ihr wartete Marie-Ange, eine ruhende weiße Gans.

»Erinnert ihr euch noch, wie wir mal den Dreikönigskuchen gegessen haben? Eure Väter waren noch auf der Welt. Weißt du noch, Raphael? Du hattest die Bohne in deinem Stück. Wir haben dir die Krone aufgesetzt, und du solltest deine Königin auswählen. Ich sehe dich noch, wie du aufstehst und Max die Krone auf den Kopf setzt.«

Das boshafte Lachen der Schwestern überdeckte die bleierne und schreckliche Stille. Dann nickten sie sich mehrmals zu. Marie-Ange räusperte sich mit einem Hüsteln.

»Gut«, sagte sie plötzlich ernst. »Also: Françoise und ich haben euch etwas Wichtiges zu sagen. Wir haben beschlossen, die Wohnung zu verkaufen. Uns ist bewusst«, sagte sie sehr langsam, »dass ihr diesen Ort liebt, aber erstens habt ihr daraus eine Rumpelkammer gemacht, bei deren Anblick eure Großmutter verrückt werden würde, und zweitens sind unsere Altersrenten erbärmlich. Wir brauchen Geld.«

»Wann?«, fragte Max tonlos.

»Wir haben eine Agentur beauftragt. Die Besichtigungen beginnen in den nächsten Tagen. Ihr solltet schleunigst Ordnung schaffen«, schob sie deutlich weniger freundlich nach.

»Wir helfen euch, etwas anderes zu finden«, sagte Françoise, die, wie im Polizeirevier, die Rolle des guten Bullen eingenommen hatte. »Es ist doch schließlich keine Katastrophe!«

Cécile sah die Cousins an, die wie zwei ausgestopfte Tote mit Glasaugen auf ihren Stühlen saßen. Wütend und empört zündete sie sich eine Zigarette an, um sich zu zügeln. Sie war überzeugt, dass die beiden Alten stinkreich waren und nichts ausgaben. Es bestand also nicht die geringste Eile für einen Verkauf, und außer dem Wunsch, eine Katastrophe im Leben ihrer Söhne auszulösen, gab es keinen Grund. Mit Verbitterung wurde ihr klar, dass auch sie darunter leiden würde, und sie fragte sich, wie sie drei Jahre lang mit der Überzeugung hatte leben können, diese Nachbarschaft sei für immer.

Am Tisch versuchte man, die Nachricht zu verdauen, jeder für sich und ohne ein Wort.

Die beiden Schwestern standen gleichzeitig auf. Max brachte ihnen die Mäntel. Und dann, als hätten sie es abgesprochen, baten Max und Raphael sie um einen Gefallen. Und weil sie durch ihre perfide Posse geschwächt waren, sagten sie zu allem ja. Cécile mochte die beiden Cousins aus vielen Gründen, doch am meisten verblüffte sie diese Art, ihren Müttern eine Chance zu geben, etwas gutzumachen.

»Ich nehme an, Silvester sind wir noch hier?«, fragte Max etwas verbittert. »Ich möchte nämlich einen Maskenball veranstalten. Dazu brauchen wir Kostüme.«

Alle sahen ihn verdutzt an. Niemand wusste etwas von dieser neuen Verrücktheit. Cécile fragte sich, ob Max aus der Not heraus eine Antwort auf die Immobilienbombe erfunden hatte. Beim Anblick ihrer betretenen Gesichter brach er in Gelächter aus.

»Niemand mag Maskenbälle!«, rief er, als er die Wohnungstür öffnete.

Die Valette-Schwestern begriffen, dass sie einen teuren Preis würden zahlen müssen. Um sich zu rächen, war Max imstande, aus der Wohnung ein Trümmerfeld zu machen, ehe er sie verließ. Und obendrein einige ihrer kostbaren Kostüme zu ruinieren. Sie stimmten jedoch zu und zogen mürrisch, eingemummt und verprellt von dannen.

Kaum war die Tür zu, holte Max eine Flasche Whisky aus der Küche. Cécile hatte gerade gehen wollen, konnte aber dem seltenen Vergnügen, in Gesellschaft zu trinken, nicht widerstehen. Louise, die benommen und erschlafft auf dem Sofa saß, wollte nichts. Cécile setzte sich neben sie und verbreitete ihre Wärme. Sie machte zwei, drei Komplimente über Max' Ossobuco und wies die anderen darauf hin, dass es wieder angefangen hatte zu schneien. Alle waren angeschlagen, bemühten sich jedoch um Lebhaftigkeit. Sie wollten unbedingt das Pfeifen der Valette-Schwestern übertönen, das noch über dem Tisch hing. Max atmete laut und lief im Wohnzimmer herum, ohne seinen Cousin aus den Augen zu lassen. Raphael saß wirbellos und zerschlagen auf seinem Stuhl und schien die bläulichen Flocken zu zählen, die an der Scheibe vorbeischwebten. Max blieb vor ihm stehen, zögerte. Dann hockte er sich hin und legte ihm eine Hand aufs Knie.

»Raphael! Ich bitte dich, sag was! Mach dir keine Sorgen. Sie werden uns nicht einfach so rausschmeißen.«

»Du weißt genau, warum sie wollen, dass wir weggehen«, sagte Raphael mit herausforderndem Blick.

Louise, die schon einnickte, hob, ergriffen von der Verzweiflung in seiner Stimme, den Kopf.

»Verdammte Scheiße!«, brüllte Max und sprang auf.

Er verpasste dem Tisch einen so heftigen Fußtritt, dass er ins Wanken geriet. Gläser flogen und zersplitterten auf dem Parkett. Cécile stand auf, packte Max am Arm und zog ihn in die Küche, im Vorbeigehen schnappte sie sich die Whiskyflasche.

Max sank auf einen Stuhl. Er war am Ersticken und starrte Cécile feindselig an. Sie entzog sich dem rasenden Blick, indem sie einen Schluck aus der Flasche nahm. In diesem Zustand hatte sie ihn noch nie erlebt. Klar, das war die Aussicht auf den Rausschmiss, aber was steckte hinter der merkwürdigen Geschichte mit dem Dreikönigskuchen? Welche Wunde hatten die verrückten Alten aufgerissen? Das Gedächtnis der beiden Frauen war für ihre Söhne ein Gefängnis. Sie vergifteten sie mit unwiderlegbaren Erinnerungen, die immer von der einen oder der anderen bestätigt wurden. Max verzog das Gesicht, wieder dieser entsetzliche Tick, der die Nase zucken ließ, den Mund verzerrte und die Zähne entblößte. Er glich einem Nagetier, und es war eine Qual, ihn anzusehen. Cécile reichte ihm die Flasche. Er nahm einen langen Zug von der bernsteinfarbenen Flüssigkeit.

»Raphael driftet ab«, sagte er und stellte die Flasche auf den Tisch. »Ich weiß nicht mehr, wo er ist.«

Seine Stimme zitterte vor Sorge.

»Es ist unerträglich, was sie machen! Ich begreife es nicht. Ich begreife es einfach nicht«, wiederholte Cécile und sank, wie vom eigenen Gewicht erschöpft, auf einen Stuhl.

»Sie waren immer unausstehlich. Warum sollte sich das ändern?«

Max und Raphael waren sehr früh mit ihren Müttern allein geblieben. Als Zehnjährige hatten sie ihre Väter verloren, die zusammen bei einem Autounfall umgekommen waren. Als Cécile das erfahren hatte, hatte sie sich überlegt, dass die Zwillinge aus ihren Ehegatten ebenfalls Zwillinge gemacht hatten, und es war ihr fast logisch vorgekommen, dass die beiden Männer gleichzeitig gestorben waren.

»Eigentlich ist es gut, wenn ihr die Wohnung verlasst. Dann ist Schluss mit der Erpressung, und ihr seid ihnen nichts mehr schuldig. Ich kann euch helfen, zum Beispiel für euch bürgen.«

Der Gedanke war ihr in diesem Moment gekommen, das war die Lösung. Cécile lachte vor Freude über ihren Einfall.

»Und warum sollten Sie das machen?«

Verblüfft über Max' eisigen Ton, hielt sie seinem

Blick stand, wie man die Klingen kreuzt. Von beiden Seiten ging eine gefährliche, alkoholisierte Aggressivität aus, die Cécile, schneller und erfahrener, im letzten Moment entschärfte, indem sie den Kopf abwandte. Sie spürte zwischen ihnen eine Distanz, die sie plötzlich an ihrer eigenen Legitimität zweifeln ließ. Sie war entsetzt, ließ sich aber nichts anmerken. In dreißig Jahren, seit sie vor überfüllten Sälen die Literaturdozentin spielte, hatte sie gelernt, Augen im Rücken zu haben und vor allem niemals in ihrer Wachsamkeit nachzulassen. Sie wartete, dass die Spannung nachließ, während sie sich den Rest eines Baba au Rhum in den Mund stopfte und ihn mit etwas Whisky hinunterspülte. Sie versuchte sich vorzustellen, was Max sah. Eine betrunkene, verrückte Alte, die ihm ihr Geld im Tausch für seine Zuneigung anbot. In einer plötzlichen Aufwallung von Stolz richtete sie sich auf und ordnete ihre Gedanken.

»Hüte dich vor der romantischen Versuchung, Max. Lach nicht, ich meine es sehr ernst. Die selige Verzweiflung, in der ihr es euch wie in einem Nest gemütlich macht, wird euch beide umbringen. Das ist eine schlechte Angewohnheit. Eine sehr schlechte Angewohnheit, die als harmlose Komödie daherkommt. Ich kenne eure traurigen Geheimnisse nicht und will sie auch nicht kennen. Aber es gibt auch schlechtes Glück. Verstehst du, was ich meine, Max?«

»Wer sagt Ihnen, dass ich was damit zu tun habe? Immer macht man mich für alles verantwortlich. Nur weil ich derjenige bin, der redet, glauben alle, ich bin der, der entscheidet.«

Sie hörten, wie ein Fenster im Wohnzimmer geöffnet wurde, und rannten aus der Küche. Raphael stand auf dem Balkon und sah zu, wie der Schnee fiel.

Max stieß einen langen Seufzer der Erleichterung aus, den Cécile wie ein Echo wiederholte. Sie hatten den gleichen Gedanken gehabt.

5

Max musste früh auf dem Flohmarkt im 15. Arrondissement sein, um den blitzschnellen Händlern zuvorzukommen, die bei Öffnung der Tore gleich alles an sich rafften. Um sechs Uhr trank er in der verwüsteten, stillen Wohnung seinen Kaffee. Dumpfe Angst schnürte ihm die Kehle zu, als er an das Essen vom Vortag dachte. Jeder hatte den Abend in seiner eigenen Hölle beendet. Raphael, verirrter und verdrossener Zombie, hatte sich schließlich wortlos in sein Zimmer geschleppt, und Louise hatte sich ohne Vorwarnung in Luft aufgelöst. Das Szenario wiederholte sich unverändert und immer vorhersehbar. Raphael würde den Vergesslichen spielen, zerfressen von Bitterkeit, die er für sich behielt. Die Valettes würden unermüdlich weiter ihre Näherinnennadeln in sein armes Herz stechen, um furchtbare Bilder hineinzusticken und ihm Geständnisse zu entlocken, auf die sie seit Jahren warteten. Die beiden Verrückten wollten nur Bescheid wissen, das Warum wäre ihnen danach egal. Nur in der Öffentlichkeit und nur an Raphael bissen sie sich fest, weil er der Empfindlichste war. Am Vortag hatten sie skrupellos gelogen, damit er zusammenbrach. Max erinnerte sich genau, dass er damals die Krone auf den Kopf seines Cousins gesetzt hatte und nicht umgekehrt, wie sie behaupteten. Sie würden niemals aufhören, sie zu foltern, sie waren unfähig zu begreifen, dass das Geheimnis für ihre Söhne weniger schwer wog als die Wahrheit.

Max fegte die Scherben zusammen, räumte den Tisch ab und wusch mit manischer Gründlichkeit die perlmuttglänzenden Lippenstiftspuren von den Gläsern von Françoise und Marie-Ange, bevor er sie in den Abtropfkorb stellte. Dann besann er sich, trocknete sie mit derselben Gründlichkeit ab und räumte sie in den Schrank, den Rest überließ er Louise und Raphael.

Der niedrige Himmel und der noch jungfräuliche Schnee verliehen der Stadt etwas Sowjetisches. Der Lieferwagen stank nach kaltem Zigarettenrauch. Max hatte sich eine Liste von Dingen gemacht, die er noch für den Film brauchte. Er lehnte es ab, sich bei den Verleihern auszustatten, und verlor viel Zeit damit, anderswo die benötigten Requisiten aufzutreiben. Er hatte gelernt, die Tricks der Dekorateure in den Filmen zu durchschauen, die zweitklassige Drehbücher unter einem ausgeklügelten Dekor versteckten, um das Elend zu kaschieren. Dieser bescheuerte Bréguet hielt sich für Visconti und raste mit Volldampf in die Katastrophe. Max war entschlossen, ihn daran zu hindern. Das Skriptgirl war auf seiner Seite. Mit der Kostümbildnerin hatte er vor drei Jahren geschlafen und sie schien durchaus zu einer Wiederholung bereit. Bréguet soll sich bloß benehmen, dachte er beim Starten, wir haben alle drei viel Erfahrung, was er nicht von sich behaupten kann.

In der Halle war es sehr kalt, und die Verkäufer hatten ihre Stände noch nicht fertig aufgebaut. Max holte seine Liste raus. Für wenig Geld musste er einen Aschenbecher, eine Packung Française für Madame und eine Celtique für Monsieur finden, außerdem eine Schüssel für die Champignons à la grecque. Bréguet hatte zwar die Ansprüche eines Nabobs, aber das Budget für die Requisite war erbärmlich.

Max spazierte durch die Gänge, traf Händler, die er vom Sehen kannte, fand schnell einen schwarzen Aschenbecher, falsche Vallauris-Keramik, für ein paar Euro. Er liebte seinen Beruf, sah sich stets nach besonderen Fundstücken um, hortete im Keller und in der Wohnung Dinge, die er später verwenden könnte, und gab Geld aus, das er noch nicht hatte. Seine nie gestillte Sucht glich der eines Spielers, der den Wert des Augenblicks kennt und die Chance beim Schopfe packen muss, weil sie sich nie wieder bieten wird. Dann muss man schnell rechnen, schnell denken, der Erste sein. Man muss seine Nerven bezwingen und die Zweifel verjagen, die einen wie Fliegen umschwirren. Er fand zwar nicht die Zigaretten, die er suchte, dafür aber Streichholzschachteln mit dem Bild der Olympischen Spiele von Grenoble. Das passte zeitlich, er würde es aber noch überprüfen. Max sorgte sich um die winzigsten Anachronismen und hatte sich in Fachkreisen einen Ruf als Korinthenkacker erworben, den man irgendwie doch bewunderte. Er rief die Kostümbildnerin Natacha an, um ihr eine interessante Schürze für Madame zu beschreiben. »Hellblaue Baumwolle mit marineblauen aufgesetzten Taschen aus Vichystoff.« Sie war nicht begeistert, so früh am Morgen nur für einen »Kittel, der sich bestimmt mit den Tapeten beißt«, geweckt zu werden, schlug Max aber vor, nach seiner Einkaufstour auf einen Kaffee vorbeizukommen. Er lehnte freundlich ab und kaufte die Schürze, man konnte nie wissen. Während er im Stehen einen Kaffee trank und sich überlegte, was erledigt war und was nicht, bemerkte er, dass die Menge in die Halle zu strömen begann. Die Leute, die trotz Schnee und Kälte gekommen waren, setzten die Ellbogen ein und konnten nur winzige Schritte machen. Max begutachtete seine Schätze, er war zufrieden. Sollte er noch mal durch eine Reihe gehen, die er nur oberflächlich durchsucht hatte? Er beschloss, eine letzte Runde zu drehen, bog in den Gang ein und wich den Schaulustigen aus, um an die Stände heranzukommen. Als er gerade den Zustand eines Serviettensets überprüfte, nahm ihm plötzlich ein dumpfer Schmerz in der Brust den Atem. Sekundenlang erstarrte er inmitten des Stroms, versuchte seinen Thorax zu weiten und Luft in seine Lungen zu lassen. Ein Pärchen schubste ihn, er stützte sich etwas zu heftig auf eine Tischplatte und warf einen Stapel Bücher um. Ohne einen Finger zu rühren, sah der Standbesitzer zu, wie Max sie einsammelte. *Wie erziehe ich mein Kind*, *Schwierige Pubertät*, je ein Werk über Ehekrisen, Menopause, Scheidung, Depression; während er die Bücher stapelte, rekonstruierte er das Leben des Mannes mit langen weißen Haaren, der auf einem Klappstuhl auf Kundschaft wartete. Er riss sich los und flüchtete durch die Masse träger Leiber, die sich seinem Drang nach Luft vorsätzlich in den Weg zu stellen schienen. Er schwitzte in seiner Fellweste und spürte den Anfall kommen. Am Ende der Welt erspähte er den Ausgang. Eine Hand in der Hosentasche, schlängelte er sich durch die Menge und zählte sein Kleingeld, eine Technik, die er entwickelt hatte, um die Panikattacken fernzuhalten. Diesmal aber rutschten die Münzen immer weg, wieder und wieder zählte er die kleinen, die großen und die, die sich in den Falten der Zwanzig-Euro-Scheine versteckten. Die in der Mitte des Gangs stehenden Leute nahmen sich die Zeit, seine Grimassen zu beobachten. Nur allzu gut kannte Max die halb besorgten, halb amüsierten Blicke; weil die Leute so damit beschäftigt waren, ihn anzustarren, vergaßen sie oft, dass auch er sie sah. Der Schweiß brannte im Nacken, seine Brauen juckten. Er öffnete den Reißverschluss seiner Jacke, hob den Kopf, suchte über sich ein Lichtloch. Dann fixierte er die Hallentür und warf sich brutal und mit lautem Stöhnen ins Gedränge, gleichgültig für die Feindseligkeit und die Kommentare, die ihn von allen Seiten trafen. Endlich draußen, im blendenden Licht, in der wahrscheinlich eisigen Luft, kotzte Max, von Schwindel gepackt, an die Hauswand. Er torkelte zum Lieferwagen, umklammerte das Lenkrad, versuchte seine zitternden Hände zu bändigen. Während er seine Atemzüge zählte, gewann er allmählich die Kontrolle über seinen Körper zurück. Louise, die sich in Sachen Lampenfieber bestens auskannte, hatte ihm beigebracht, seine Gliedmaßen zu visualisieren und in Gedanken sogar verschiedene Yogastellungen einzunehmen, ohne auch nur den kleinen Finger zu rühren.

»Ich dreh durch«, murmelte er und fuhr los.

Max hatte keinen Spielraum, das wusste er. Seitdem ihn Marie-Ange oder Françoise, die ihn abwechselnd begleiteten, eine Kindheit lang von Psychologen zu Psychologen geschleppt hatten, lavierte er, um weitere Schwierigkeiten zu umschiffen. Hyperaktiv, sagte der eine, fehlendes Selbstvertrauen der nächste, überbegabt, anämisch, jeder Arzt hatte sein Steckenpferd. Nachdem sie ihn beim Lego-Spielen beobachtet und sich Notizen gemacht hatten, sprachen sie mit ihm wie mit einem Erwachsenen in Taschenbuchformat. Es gab ruhigere Zeiten, Monate ohne Grimassen und Ticks, selige Perioden, ohne alles zählen und auf der Straße einen Bogen um jeden Kaugummirest machen zu müssen. Aber Max wusste, dass es nichts änderte. Seine geheimen und heiklen Obsessionen folgten seit der Kindheit aufeinander, heraufbeschworen vom Blick der Valette-Schwestern, die überzeugt waren, in seinem aus den Fugen geratenen Gesicht seine verkorksten Gedanken lesen zu können. Sie hatten ihn ein für alle Mal zum Auffangbecken des Familienwahnsinns erklärt, und niemand hatte sich je um Raphaels übermenschliche Konzentration oder sein autistisches Schweigen gekümmert. Max, der ans Lenkrad geklammert durch die eisig weißen Straßen der menschenleeren Stadt fuhr, verstand immer noch nicht, wieso der Mutismus seines Cousins aller Welt entgangen war. Er dachte an die Panikattacke in der Flohmarkthalle. Agoraphobie war die besorgniserregendste seiner Ängste, denn er war ebenso unfähig, in der Wohnung eingeschlossen zu bleiben. Koks war ein zweischneidiges Schwert, mal Balsam und mal Brandbeschleuniger für seine Angst, Alkohol machte sie immer heftiger und unkontrollierbarer. Am Vorabend in der Küche hätte er Cécile am liebsten umgebracht. Seine Gewaltanwandlung gegenüber dieser wunderbaren Frau war ein unerträglicher Gedanke. Er hatte den einzigen Menschen zerstören wollen, der nie den Blick über sein zuckendes Gesicht wandern ließ, wenn er mit ihm sprach. Niedergeschlagen von der Summe seiner Unzulänglichkeiten suchte Max nach einer angemessenen Ersatzlösung, um den Tag herumzukriegen und fand in seinem Telefon die Adresse der Kostümbildnerin.

Anders, als er vermutete, hatte Natacha ihn nicht zum Kaffee eingeladen, um mit ihm zu schlafen, sondern um außer Hörweite Bréguets mit ihm über den Dreh zu sprechen. In ihrer kleinen Mansardenwohnung verbrachten sie einen Teil des Nachmittags damit, sich bei Online-Trödlern und auf den Seiten zwanghafter Sammler umzusehen. Natacha war eine sanfte, lustige, Earl-Grey-süchtige junge Frau mit genug Feingefühl, um ihre alte Geschichte nicht aufzuwärmen. Als Max neben ihr vor dem Computer saß, hatte er mehrmals Lust, sie zu berühren, sein Gesicht zwischen ihrem Hals und ihrer Schulter zu verstecken und ihre schöne weiße, seidige Winterhaut zu küssen. Gegen achtzehn Uhr legte sie ihre Hand auf seine. Max zögerte.

»Nur einmal«, versprach sie und schaltete den Bildschirm aus.

Nach dem Kurs kaufte sich Louise Wanderschuhe und beschloss, zu Fuß nach Hause zu gehen, um sie einzulaufen. Die stickige Luft des Tanzstudios, der Schweißgeruch, die ohrenbetäubende Musik und das Geschrei des Stepplehrers hatten ihre Nerven strapaziert. In ihren Kopfhörern säuselte Chet Baker mit seiner Mädchenstimme »I'm old-fashioned«. Sie rief sich die Tanzfiguren in Erinnerung, die sie an diesem Morgen Dutzende Male bis zur Erschöpfung wiederholt hatte. Die Schlaflosigkeit zehrte allmählich an ihr, und wenn sie endlich schlief, besetzte Max ihre Träume, störend wie ein Kratzer auf dem Brillenglas. Er war nicht die Sorte Mann, den sie für sich vorgesehen hatte. Als sie im letzten Sommer bei der Hochzeit einer Schulfreundin deren Brautstrauß aufgefangen hatte, reckte sie ihre Trophäe triumphierend empor und war überzeugt, dass sie als Nächste heiraten würde. Aber Max war unvorhersehbar, ein Vampir, der sie allmählich aussaugte. Er nahm sie nicht ernst, hörte ihr nur unaufmerksam zu und sah sie dabei schräg an, vergaß sie auf dem Sofa und ignorierte ihr Bemühen, sich in der Wohnung den Ritualen der Cousins anzupassen. Sie dachte an die Mädchen an der Oberschule, die Spaß daran gefunden hatten, sich in unmögliche Liebesgeschichten zu stürzen und bis aufs Letzte vor Jungen zu demütigen, die sie kaum bemerkten. Damals hatte Louise ihre Beharrlichkeit verachtet, nun aber, in ihrer neuen Obsession gefangen, verstand sie allmählich ihr masochistisches Leiden und das wahnsinnige Verlangen, darum zu kämpfen. Sie fühlte sich imstande, Max' gequälten Körper zu heilen. Sie würde ihn von seinem

Nervenleiden befreien, einen mondänen, leichtfüßigen und ruhigen Tänzer aus ihm machen, sein williges und begeistertes Alter Ego von all seinen Ticks reinigen.

Aufgeregt und mit leichtem Schwindel lehnte sie sich an eine Haustür. In der Parkatasche klingelte ihr Telefon. Schon wieder Damien! Seit ihrer Trennung rief er sie jede Woche an. Sie hörte seine Nachricht ab. Trotz der wiederholten Abfuhr und ihres Schweigens bemühte er sich weiter. Er hatte an der Theaterkasse zwei Karten auf ihren Namen für sein Pariser Konzert hinterlegt. Er hoffte, sie werde kommen. Er sei ausgelaugt von seiner Provinztournee und wolle eine Weile in Paris bleiben, um abzuschalten.

Damien Grandhomme war auf dem Weg, ein berühmter Pianist zu werden, und war längst an ihr vorbeigezogen. Er gab Konzerte im Ausland und verteilte auf Festivals Autogrammkarten. Seine Karriere ging steil bergauf, während sie in kleinen Hinterhofstudios dahinvegetierte. Sie hatten sich an der Oberschule kennengelernt. Der noch kindliche, gehemmte Junge, seit frühester Kindheit Star des Konservatoriums von Bordeaux, hatte eine unerwartete Entschlossenheit entwickelt, um ihr in seinem goldenen Käfig einen Platz zu schaffen. Überzeugt von sich und ihrem Charme, hatte sie sich darauf eingelassen, ihn zu treffen, und hatte auch für ihn einen Platz in ihrem Leben eines sehr beliebten Mädchens frei gemacht, wobei sie die beiden Welten strikt trennte. Damien am Klavier und Louise in ihren Spitzenschuhen hatten Seite an Seite geackert, um ihre Kunst zu vervollkommnen und sich eines Tages dem ungläubigen Staunen all derer darzubieten, die nichts Eigenes erschaffen. Sie hatten beide eingesehen, dass sie ihr Leben lang mit Bleiflügeln fliegen würden, kein Erfolg würde daran etwas ändern. Schließlich hatten sie miteinander geschlafen, er zum ersten Mal, sie schon mit der Erfahrung einer Abenteurerin. Während sie zusah, wie ihre neuen Schuhe schon vom Schnee zerfressen wurden, war Bordeaux so weit weg. Louise hatte den unerwachsenen, überheblichen Mann, der sein Leben im Gewächshaus verbracht hatte, vor ein paar Monaten verlassen, aber er rief sie weiter an, als wäre nichts geschehen. Außer seiner Kunst kannte Damien überhaupt nichts vom Leben, und wenn sie genervt war, legte sie einfach auf. Wenn sie nicht schlafen konnte, dachte sie allerdings manchmal an ihn und schwankte zwischen dem Stolz, diejenige zu sein, die auch von seinem Erfolg nicht verdrängt wurde, und der Sorge, er könne ihr völlig entgleiten. Sie sah ein, dass sie diese Strafe verdiente. Irgendwann würde er genug davon haben, von ihr schlecht behandelt und vom Rest der Welt angebetet zu werden. Louise beschloss, zum Konzert zu gehen. Mit Max.

In der Valette-Wohnung kündigte Frank Sinatra dem ganzen vor Rührung bebenden Haus eine weiße Weihnacht an. Als Louise die Tür aufschloss, dachte sie an Cécile, die vielleicht gerade versuchte, sich auf ihre Hausarbeiten zu konzentrieren. Raphael und Max schmückten fröhlich den Weihnachtsbaum und sangen aus voller Kehle. Die Tanne krümmte sich unter Lichtergirlanden, die Max sicher bei einem seiner Trödler aufgetrieben hatte. Louise verzichtete wegen des Lärms auf Worte, bewunderte die herrlichen Kugeln, die älter waren als sie, sog den Tannengeruch ein und ahnte, dass sich in den Kartons noch mehr Schätze verbargen, eine große Sammlung, die sicher jedes Jahr ergänzt wurde. Raphael schien sich völlig von seinem Durchhänger am Vortag erholt zu haben, als wäre die Ankündigung, die Wohnung zu verkaufen, ein geschmackloser, längst vergessener Witz. Louise überlegte sich, dass die beiden niemanden brauchten; wenn sie irgendwohin umgezogen wären, würden sie sogleich ihre eigene Welt neu erschaffen und darin ihre Rituale unverändert wieder aufnehmen. Sie unterdrückte ein starkes Bedürfnis zu weinen, riss sich zusammen und reichte Max, der auf einem Schemel stand, den Weihnachtsschmuck. Dann zog sie sich ohne Abendessen in ihr Zimmer zurück und wartete, bis Raphael ins Bett gegangen war und Max die Wohnung verlassen hatte, bevor sie ins Wohnzimmer zurückkam.

Louise hatte nie Schlafprobleme gehabt, bevor sie Bordeaux verließ, wo sie in einem Bauernhaus inmitten von Weinbergen gelebt hatte. In Paris war sie vom ständigen Lärm überfallen worden, der einem permanenten Gewittergrollen glich. Sie machte die Erfahrung von gestörter Intimität, von Nachbarn, von Autos, die Tag und Nacht am Haus vorbeifuhren. Oft hatte sie das Gefühl, gleichzeitig drinnen und draußen zu sein, als gäbe es keine klaren Grenzen. In den ersten Nächten hatte sie auf jedes Geräusch gelauert, dem saugenden Atem des Fahrstuhls hinter der Wand gelauscht und die Metro im Bauch vibrieren gespürt. Sirenengeheul, das schreckliche und immer neue Dramen am Ende der Krankenwagenfahrt erahnen ließ, hatte sie aus dem Schlaf auffahren lassen. Sie fühlte sich entsetzlich allein in ihrem kleinen Zimmer, in dieser Stadt, die sie selbst schrumpfen ließ, und einsamer als in einer Wüste. Während sie stundenlang wachlag, entdeckte sie, dass nachts ihre Gefühle anschwollen, bis ihr übel wurde. Die Nacht verdrängte die Hoffnungen des Vortags und alle Pläne. Nach der ersten chaotischen Woche in der Wohnung beschloss sie, sich heimlich zu betäuben, und holte ihre Sammlung amerikanischer Filme aus einer Kiste, die sie überallhin mitschleppte.

Ihre Tante, Eigentümerin und Filmvorführerin eines Programm- und Experimentalkinos in Bordeaux, hatte Louise sehr früh in den Zauber Hollywoods eingeführt. Die Tante, eine alte Jungfer, war ganz vernarrt in Louise. Sie war eine große Filmkennerin und hatte Louise als leidenschaftlicher Guru den Schädel mit ihren eigenen Obsessionen vollgestopft. Als Louise Rita, Fred und die anderen entdeckte, bat sie ihre Tante, alles andere zu vergessen. Zu zweit erfreuten sie sich jedes Wochenende an Tanzduos und exzellenten Choreographien, die Louise dann vor dem Spiegel in ihrem Zimmer nachtanzte. Als die Tante einige Jahre später starb, vererbte sie ihrer Nichte und Wahltochter ihre Sammlung.

Louise wählte die Filme nach ihrer Stimmung und ihren Sehnsüchten. Sie lag auf dem Sofa im Wohnzimmer und wusste stets, welche Szene kam, flüsterte die Repliken, wartete auf den Blick in Großaufnahme, der sie gleich erschüttern würde. Cary Grant und Ingrid Bergman, jung und weniger jung, jedes Mal verliebter. Cary Grant und Katharine Hepburn, zum Lachen. Cary

Grant als Pygmalion und Audrey Hepburn als ewiges junges, etwas nervtötendes Mädchen. Cary Grant und Deborah Kerr, wie sie sich selbst später sah, wahnsinnig englisch und elegant. Bogart, klitschnass in seinem Trenchcoat, eine Offstimme, die alles erlebt hatte, Ava Gardner zu Füßen. Gene Kelly und Debbie Reynolds, zum Nachspielen, Szene für Szene. Charles Boyer und Jennifer Jones, sanfte Verrücktheit mit tausend Repliken, die sie immer wieder übte. Und Rita, wieder und wieder Rita, unfreiwilliges Pin-Up-Girl mit dem großen Herzen, die nicht wusste, wohin mit ihren Armen.

An diesem Abend sah sie *A star is born*, wegen James Mason, der eine gewisse Ähnlichkeit mit Max hatte, und einem Weihnachtsbaum, der an den in der Wohnung erinnerte. Sie hörte, wie die Wohnungstür aufgeschlossen wurde. Natürlich war es Max. Er ging fast jeden Abend aus, und meistens sah sie, wie er, ohne Licht im Flur zu machen und ohne sie zu beachten, schwankend in seinem Zimmer verschwand. Wenn ihn der Film interessierte, ließ er sich manchmal herab, bei ihr zu bleiben. Was tat Max nachts? Mit wem traf er sich? Max und Raphael empfingen niemanden in der Wohnung, und Louise wusste nicht, ob sie Freunde hatten. Raphael hatte ihr erzählt, dass sein Cousin mit anderen an den Hauswänden des Viertels sprayte, aber nichts Näheres verraten.

»Was ist das?«, fragte Max und setzte sich neben sie.

Er hob Louises Beine hoch und legte sie auf seine Knie. Dabei starrte er auf den Bildschirm, erschöpft, aber ansprechbar.

»*A star is born*. Das ist die tollste Szene. Judy Garland

versucht, ihm wieder Spaß am Leben zu schenken. Sie spielt ihm das Musical vor, das sie im Film gerade dreht, und greift nach allem, was ihr unter die Finger kommt, um die Szenen nachzustellen. Total abgefahren!«

»Ist das James Mason?«

»Ja. Er spielt ihren Mann, einen trinkenden Schauspieler, den niemand mehr besetzen will. Das ist ein unheimlich trauriger Film.«

»Gefällt er dir?«, nuschelte Max, ohne die Augen vom Fernseher zu lösen.

»Und wie!«

»Was gefällt dir an ihm?«

»Ich mag seine nervösen Bewegungen, die Eleganz seiner Stimme, seine weibliche Empfindsamkeit. Er ist immer voller Überdruss, sogar, wenn er fröhlich ist. Er ist sehr zwiespältig und zum Schlimmsten imstande.«

Louise war, trotz der Ameisen in ihren Beinen, reglose Gefangene von Max' Händen, die immer noch auf ihren Waden lagen. Die winzigste Bewegung konnte diesen höchst seltenen Augenblick zerstören. Sie atmete kaum und ließ ihn wortlos bis zum letzten Bild den Szenen und Sätzen folgen, die sie auswendig konnte. Sie ließ ihn nicht aus den Augen, bis zum großen, herzzerreißenden und unvergesslichen Finale, in dem Mason tonlos in die Stille der Nacht schreit, bevor er sich das Leben nimmt.

Louise griff nach der Fernbedienung auf dem Tischchen und schaltete den Fernseher aus. Max stieß sein kleines, unmögliches Lachen aus, das meist einer verletzenden Bemerkung vorausging, verließ das Zimmer jedoch ohne ein Wort, nachdenklich und konzentriert.

6

Cécile war spät ins Bett gegangen und entsprechend schlecht aufgelegt. Sie hatte schon eine Schüssel fallenlassen und sich zweimal fast an der Kaffeekanne verbrüht. Gereizt kramte sie in einem Körbchen, das einem Nest voll zischender Schlangen glich, in dem sie ihren Schmuck aufbewahrte. Sie durchwühlte den Berg ineinander verschlungener Ketten und Armbänder auf der Suche nach ihrem zweiten Vermeil-Ohrring.

»Ich hab ihn!«, rief sie triumphierend.

Sie prüfte ihr Aussehen ein letztes Mal im Spiegel, war zufrieden mit der Wirkung der Ohrringe, die diskret in ihrem rotbraunen Haar baumelten. Wenn sie im großen Hörsaal unterrichtete, wählte Cécile ihre Kleidung so sorgfältig aus wie eine alternde Tragödin.

Sie setzte die Brille auf, um den Eyeliner-Strich zu kontrollieren, und stellte fest, dass er auf dem linken Lid breiter geraten war. Während sie den anderen Lidstrich korrigierte, meldete die 7-Uhr-30-Stimme im Radio die Einleitung eines Ermittlungsverfahrens gegen einen Geschäftsmann, dessen Name ihr nicht unbekannt war. Die Blasiertheit des Sprechers verbarg kaum seine Begeisterung, ein paar Tage lang einen Skandal präsentieren zu können. Sie zog ihre Après-Ski-Stiefel aus weißem Schaffell an, eilte zum Parkplatz und betete, dass niemand sie so als Yeti verkleidet treffen möge.

Die frühmorgens schon schmutzige Stadt und der hässliche Himmel drückten auf ihre Stimmung. Es war ihr letzter Unterrichtstag vor den Ferien. Die Aussicht auf die Festtage begeisterte sie nicht, aber wenigstens konnte sie ausschlafen. Sie setzte sich ins Auto, startete, drehte die Heizung auf und machte es sich für eine halbstündige Fahrt bequem. Sie mochte diese Zeit, in der sie ihre Gedanken schweifen ließ. Sie dachte an ihre Vorlesung und die Thesen, die sie vertrat. An Raphael und Max, deren Gesellschaft ihr so viel Freude bereitete, und an das späte Glück, das sie in einem Alter fand, wo die anderen schon abbauten und über ihren verlorenen Illusionen brüteten. Sie dachte an die unerwartete Freundschaft, die sich mit Louise abzeichnete, ein vorzeitiges Weihnachtsgeschenk. Cécile hatte mit größtem Vergnügen zugehört, während Louise den Film immer wieder angehalten hatte, um ihr die tausendundeine Finesse von *Gilda* zu erklären. Obwohl sie nie aus ihrer Intellektuellenhaut heraus konnte, hatte sie sich von dem harmlosen Film wiegen und narren lassen, den sie gern mit Louises Augen gesehen hätte. Die Kleine hatte sich auf dem Sofa an sie geschmiegt und inspirierte sie zu einer Mutterrolle, die sich seltsam vertraut anfühlte. Ihre Kommentare kamen ganz selbstverständlich. Cécile ließ es geschehen und staunte, dass sie es zulassen konnte.

Auf der Place de la Concorde stand sie ein paar Minuten im Stau, weil parkende Autos die Fahrbahn versperrten. Verrückt, dieser Schnee, das hatten wir noch nie, sagte sie halblaut. Hinter einem Lastwagen eingeklemmt, träumte sie vor sich hin, während sie auf den mit glänzenden Kugeln geschmückten Weihnachtsbaum vor dem Hotel Crillon starrte. Ein Schatten legte sich über sie, die Reise nach London, wo sie über die Feiertage ihren Bruder und ihre senile Mutter besuchen musste, ein Horrortrip, der sich jedes Jahr wiederholte und Schuldgefühle und Ängste hervorbrechen ließ. Sie fragte sich, wie sie sie vorfinden würde. Die Alten veränderten sich genauso schnell wie Babys. Ohne Cécile zu fragen, hatte ihr Bruder einige Monate zuvor die Familienwohnung in Kensington aufgegeben und war mit der armen Alten, die ihre Tochter im Vorjahr kaum noch erkannt hatte, in eine moderne Wohnung in Canary Wharf gezogen. Cécile machte das Radio an, um den Albtraum zu vertreiben, und hörte die Meteorologen über den Schnee reden, der die ganze Region lähmte. Auch sie meinten, das hätte es noch nie gegeben.

Sie parkte, wechselte die Schuhe und stand, als sie aus dem Auto stieg, direkt vor Paule Divoire, ihrer Kollegin für englische Literatur, die sie aus tiefster Seele verachtete, wie immer in zu kurzem Rock über einem Bauch, den sich Cécile von Frauenkrankheiten zerfressen vorstellte. Während sie auf ihren Mund starrte, dessen orangeroter Strich über die Lippen hinausging, um ihren Schwung nachzubessern, hörte sie zu, wie sich die Divoire über das schlechte Wetter beklagte und ihr Hemd darauf verwettete, dass die Vorlesungssäle leer sein würden.

»Gehst du zum Empfang beim Rektor?«, fragte sie.

»Ja«, antwortete Cécile.

Im Unterschied zur Divoire, die es als besonderes Privileg zu genießen schien, sah sie darin nur die Aussicht auf einen steifen, quälenden und endlosen Cocktail.

Cécile schob ihre Verspätung vor, um sich davonzumachen, eilte den bis zum Haupteingang gefegten Weg entlang, holte tief Luft und betrat den Hörsaal, wie man nach dem dritten Schlag die Bühne betritt.

Raphael ging von einem Zimmer ins andere und genoss das seltene Vergnügen, allein in der Wohnung zu sein. Er hatte zwar das Talent, von den anderen zu abstrahieren, schätzte aber das zarte Wunder, wenn die Stille real und die Einsamkeit greifbar war. Er konnte besser an die anderen denken, wenn sie abwesend waren, und wanderte von Zimmer zu Zimmer, um Indizien und winzige Spuren zu suchen, die seine Mitbewohner hinterlassen hatten. In Louises Zimmer bedeckte ein Berg aus Kleidungsstücken das Bett, der einen starken Geruch verschiedener Parfums verströmte. An die Wände hatte sie glänzende Schwarzweißfotos amerikanischer Schauspieler gepinnt, schon lange tot und ewig jung, die in jeder Generation wieder geboren werden. Raphael sagte sich, dass weder Max noch er es mit der Freundlichkeit des Mädchens aufnehmen konnten. Immer lächelte sie und verbarg sorgsam die Müdigkeit, die ihre Augen jeden Morgen etwas tiefer einfallen ließ. Sie kam erschöpft von ihren Tanzkursen zurück, beklagte sich nie, wirbelte von einem Zimmer ins andere und sprach zu den Wänden. Viele hätten beim ersten dummen Witz von Max die Tür zugeknallt, und seinen Mutismus hätte niemand länger als ein paar Stunden ertragen. Er hatte Louise mehr als einmal ins Wanken geraten sehen, überrascht und verletzt von den spitzen Worten seines Cousins, dann fing sie sich wieder. Er kannte Max' Brutalität und wurde mit ihr getroffen. Sie waren beide wohlwollende Opfer, unfähig, sich vor seinem Wahnsinn zu schützen. Raphael fragte sich, wo Louise leben würde, wenn die Wohnung verkauft wäre. Überwältigt von Traurigkeit, überlegte er, wie es dann für ihn weitergehen würde. Max würde die Gelegenheit nutzen, um ihn zu verlassen, und er wusste, dass er das nicht überleben würde.

Raphael setzte sich auf Louises Bett, um sich das Foto anzusehen, das in einem Rahmen auf dem Nachttisch stand. Das Porträt einer lächelnden Louise in Großaufnahme, im Hintergrund das Meer. Er fragte sich, wie und warum man zehn Zentimeter neben seinem eigenen Gesicht schlafen konnte. In seinen Gedanken versunken, brauchte er ein paar Sekunden, ehe er das Klingeln an der Wohnungstür hörte. Um diese Zeit kam die Post, aber es war nicht das lange und zarte Klingeln der Briefträgerin Nadège, Linkshänderin, androgyner Hermes und im ganzen Viertel bekannt. Die Hausmeisterin klingelte meist zweimal leise, Cécile einmal kurz, und die Valette-Schwestern zweimal durchdringend. Louise klopfte immer, um ihre Ankunft anzukündigen, bevor sie selbst aufschloss. Beunruhigt ging er zur Tür und zögerte, ehe er öffnete.

Ein Mann in Caban-Jacke mit Schaffellkragen grinste

ihn an, als würden sie sich kennen. Hinter ihm spähte ein ebenso fremdes Trio in die Wohnung.

»Dominique Fouché, Agence Turpin«, sagte der Mann und betrat die Wohnung. »Hat Ihre Mutter uns nicht angekündigt?«, fragte er, überrascht von Raphaels verstörtem Gesicht.

Die Valette-Schwestern hatten ihre Drohung ruckzuck wahrgemacht, und in der Wohnung herrschte ein unbeschreibliches Chaos. Raphael beschloss, sich nicht zu entschuldigen, legte eine beinah unhöfliche Gleichgültigkeit an den Tag und machte sich ohne ein weiteres Wort an die Arbeit. Der Wohnungsmakler war zweifellos an schlecht gelaunte Eigentümer gewöhnt, die sich von zwanzig Jahren ihres Lebens verabschieden mussten, die in ihren Augen unbezahlbar waren, er ignorierte Raphael und führte den rotgesichtigen Mann und seine beiden mittelalten Begleiterinnen mit entschiedenem Schritt in das vollgestopfte Wohnzimmer. Der Mann, mit Heft, Zollstock und Fotoapparat bewaffnet, entschuldigte sich kurz, bevor er ohne Umstände Einbauschränke und Fenster öffnete. Er bat alle, eine Minute still zu sein, um »das Ruhepotenzial zu bewerten«. Eine der Frauen machte einen Bogen um Raphael und warf dabei einen bewundernden Blick auf die mechanische Puppe. Sie gingen durch die Wohnung und waren im Nu verschwunden. Als Raphael wieder allein war, überlegte er sich, dass er die Schnüffelei von Unbekannten nicht lange ertragen würde. Diese hier hatten ihn wie einen beliebigen, überflüssigen und schon halb auf die Straße gesetzten Mieter behandelt.

Auf halbem Weg ruckte der mechanische Arm der

Puppe unmerklich. Raphaels vorübergehende Rettung hieß äußerste Konzentration, eine unsichere, aber wirksame Zuflucht vor den potenziellen Käufern, die er wie Raubtiere um seine Höhle schleichen spürte. Er verbrachte eine ganze Weile damit, den Mechanismus Teil für Teil auseinanderzunehmen und wieder zusammenzusetzen.

Etwas später am Vormittag klingelte es erneut, diesmal sehr zart.

Es war, als hätte sich im Hausflur eine Schneewehe gebildet. Eva, leicht vorgebeugt, sah ihn lächelnd an.

»Ich wollte nach meinem Bild schauen.«

Nach einem kurzen Moment der Geistesabwesenheit bat Raphael sie herein. Sie hatte eine große Reisetasche in der Hand.

»Ich hatte noch keine Zeit, mich damit zu beschäftigen«, entschuldigte sich Raphael.

Er traute sich nicht, seine Kundin anzusehen, die in einen edlen weißen Mantel gehüllt war und auf beängstigende Weise entrückt schien. Sie trat auf ihn zu, als wollte sie ihn beruhigen und ihm beweisen, dass es sie wirklich gab. Dann betrachteten sie gemeinsam das Bild, ohne etwas zu sagen. Raphael gab sich selten Mühe zu sprechen, aber er war bereit, eine Ausnahme zu machen, weil er mit Eva das gleiche Leiden teilte.

»Ich werde zuerst die Oberfläche reinigen, um die Lackschicht zu entlasten«, sagte er und fuhr mit der Hand über das Gemälde. »Ich glaube, es wurden schon mal Retuschen gemacht. Ich kann sie entfernen. Was meinen Sie?«

»Machen Sie, was Sie wollen, Raphael.«

»Die Farbschicht ist sehr rissig. Da und vor allem da.« Er legte den Finger auf einen senkrechten Spalt. »Das Beste wäre, ihn mit Kitt zu füllen, um die Oberfläche zu ebnen.« Raphael hörte sich mühelos reden, wie auf Autopilot. »Es gibt noch eine andere Technik, die darin besteht, mit Wasserfarben getöntes Papier auf das Gemälde zu kleben. Das dauert viel länger, und ich vermute, Sie haben es eilig. Sie haben mir nicht gesagt, was ich mit dem Gesicht machen soll. Es ist nicht zu reparieren. Man kann es lassen, wie es ist. Das gibt dem Bild etwas Unvollendetes und Geheimnisvolles, finden Sie nicht?«

Raphael bat sie um Hilfe, und sie bemerkte es nicht. Sie sah durch das Fenster zu, wie der Schnee auf die Bäume im Park fiel.

»Ich sage mir immer, wenn es irgendwo schneit, schneit es für alle. Regen, Schnee und Wind sorgen dafür, dass wir nie allein sind. Die Natur bringt uns zusammen. Ich möchte gern hierbleiben«, sagte sie mit kaum hörbarer Stimme. »Bitte.«

Raphael spürte, dass die sanft verzweifelte Frau einen letzten Versuch unternahm, den Kopf über Wasser zu halten, bevor sie unterging. Ihre Einsamkeit war ihm so vertraut, dass er ohne Zögern ja sagte. Er erklärte ihr, dass er nicht allein lebte, erzählte ihr von Max, von Louise. Sie hörte ihm zu, ohne etwas zu sagen, eine Wesensart, die Raphael vertraut war. Dann fragte sie ihn, wo sie sich ein, zwei Stunden ausruhen könne.

Er räumte hastig sein Zimmer auf und stapelte Kleidungsstücke für die nächsten Tage im Flur. Stumm ließ sie ihn das Bett beziehen und Platz auf dem Nachttisch machen. Sie zog den Mantel aus, lehnte den Tee ab, den er ihr anbot. Raphael begriff, dass sie allein sein wollte, und schloss leise hinter sich die Tür.

Als er wieder im Wohnzimmer war, wurden ihm die Folgen seiner Verrücktheit bewusst. Er sorgte sich um die Reaktion seiner Mitbewohner, freute sich aber auch über Evas Anwesenheit. Der Wachträumer in ihm hatte sich einen Gedankenblitz lang eingebildet, die Ankunft der Unbekannten würde sie fester an die Wohnung schmieden. Er versuchte, Max zu erreichen, um ihn auf Evas Einzug vorzubereiten. Sein Telefon war aus, typisch für Max, der stundenlang alle Brücken abbrach. Er hasste die neue Verpflichtung, immer erreichbar zu sein, und machte sich einen Spaß daraus, mit einem Tastendruck zu verschwinden.

Eva lautlos in der Tiefe der Wohnung, Max irgendwo draußen; Raphael beschloss, sich wieder an die Arbeit zu machen. Der Antiquitätenhändler im 6. Arrondissement hatte schon früh am Morgen angerufen und sich mit ungeduldiger Stimme nach seiner Brautkrone erkundigt. Raphael war nicht unzufrieden, sich zuerst damit beschäftigen zu müssen. Ihm war alles recht, womit er die Arbeit an Evas Gemälde hinausschieben konnte. Er wusste, dass er unfähig war, das Bild zu restaurieren. Er hätte es ihr sagen müssen, aber es war unmöglich, dieser Frau, die nicht einmal selbst ihr Bett machen konnte, etwas abzuschlagen, gerade hatte er einen neuen Beweis dafür erhalten. Sie war immer bedient worden, und die Abhängigkeit hatte sie so sehr geschwächt, dass sie den Eindruck erweckte, jede Verweigerung wäre wie ein Windstoß in einem Kartenhaus. Für sie hatte wahrscheinlich jeder seine Rolle zu spielen oder seine Arbeit zu erledigen. Ihre bestand darin, auf einem cremefarbenen Sofa schön zu sein und den Tagesablauf ihres Personals zu planen. Wahrscheinlich hatte sie sich dieser Rolle perfekt angepasst. Durch die Arbeit für seine reichen Kunden hatte Raphael gelernt, ihre Mechanismen zu durchschauen, sie waren oft simpler als die der Spielsachen, die er reparierte. Doch Eva war auch anders. Sie schien am Ende einer langen und ermüdenden Reise angelangt zu sein. Dass ihr Ziel sein Zimmer war, kam ihm ganz selbstverständlich vor.

Gegen Mittag erschien Eva wieder im Wohnzimmer. Nach kurzem Zögern begann sie zu reden.

»Ich schulde Ihnen eine Erklärung, Raphael. Gegen meinen Mann wurde gestern ein Verfahren eingeleitet. Vielleicht haben Sie davon gehört. Unwichtig. Er ist ein Betrüger, der es nicht verdient, dass man sich seines Namens erinnert.« Eva stand mitten im Zimmer, die Arme über einem hellen Schal verschränkt, den sie an sich drückte. »Heute Morgen habe ich einen Brief auf den Tisch im Salon gelegt und bin durch den Dienstboteneingang verschwunden. Finden Sie, ich entziehe mich meiner Verantwortung? Aber welcher Verantwortung? Ich bin seit fünfzehn Jahren nichts als eine tadellose Adjutantin.« Eva zitterte und umklammerte ihren Schal. Sie wankte und ließ sich auf das Sofa fallen. »Na ja«, sagte sie dann mit freundlicher Ratlosigkeit, »ich bin zu Ihnen gekommen, weil ich nicht wusste, wohin. Wenn Sie wollen, dass ich gehe, verstehe ich das. Sie müssen auch wissen, dass Sie wegen mir womöglich Schwierigkeiten bekommen.«

Eva legte den Kopf an die Rückenlehne und sah zur Decke. Raphael beobachtete sie verstohlen. Ihre auf dem Bauch liegenden Hände verschmolzen mit dem Weiß ihres Schals. Diese Frau, dachte er, trägt in sich ebenso eine hartnäckige Unverfrorenheit wie eine mädchenhafte Zerbrechlichkeit, so ausgeprägt wie die Jahreszeiten. Unvorhersehbar und verwirrend wechselte sie in wenigen Sekunden von einem Zustand in den anderen.

»Glauben Sie, dass man sich ändern kann?«, fragte sie nach längerem Schweigen. »Ich meine nicht, sein Leben ändern, sondern jemand anders werden.«

»Man muss unbedingt daran glauben, dass das möglich ist. Ich mache nie Pläne, denn wenn man sich in die Zukunft projiziert, heißt das, dass man morgen noch derselbe sein wird, und ich hasse diese Vorstellung. Kennen Sie den Maler Odilon Redon? Er malte immer nur Albtraumvisionen in Schwarzweiß. Als er seine Frau kennenlernte, fing er an, farbig zu malen.«

»Sie leben in einer großen Unordnung, Raphael. Verdienen Sie genug zum Leben?«

»Halbwegs. Mein Cousin und ich legen alles zusammen, und unsere Mitbewohnerin zahlt Miete.«

Nicht ohne Bitterkeit fragte er sich, wie lange sie zu dritt brauchen würden, um einen Schal kaufen zu können, wie ihn Eva trug.

Sie seufzte. Raphael hatte das Gefühl, dass sie sich entspannte.

»Mir gefällt es hier.«

Raphael wollte ihr von dem bevorstehenden Auszug erzählen, dann unterließ er es. Was man nicht sagt, existiert nicht, dachte er.

»Ich kenne dieses Foto«, sagte sie und betrachtete das Schwarzweißporträt, das ihr gegenüber an der Wand hing. »Entschuldigen Sie, Raphael, ich merke mir keine Namen. Ich muss sie auch nicht kennen, weil ich mit niemandem spreche. Das sind Codes, die mir nichts nützen. Ich habe ein unbrauchbares Wissen.« Sie lachte.

»Das ist Jean Cocteau.«

»Er ist sehr schön. Er hat Ihre langen, poetischen Hände. Ich mag alles, was mich inspiriert. Ich bin dankbar für alles, was mich aufweckt. Sie nicht?«

Die Klingel ertönte, Eva zuckte zusammen. Raphael machte auf, diesmal war es die Briefträgerin mit drei Einschreiben. Er unterschrieb und ging zurück ins Wohnzimmer. Eva war nicht mehr da.

Nach dem Mittagessen betrat Cécile erneut die Bühne des Hörsaals. Sie war früh gekommen und sah zu, wie sich die Studenten, die es nie eilig hatten, einen Platz suchten. Sie sanken auf den Stuhl, anstatt sich zu setzen, jedes Jahr wurde es schlimmer, als erschlaffte die gesamte Menschheit. Sofort klappten sie ihre Laptops auf und legten die Telefone neben sich. Cécile hatte immer noch Mühe, das Klappern der Tasten und den Vibrationsalarm zu ertragen, diese ganze absurde Technologie, die für sie beim besten Willen nichts anderes war als eine freiwillige Versklavung. Jeder lebte mit einem Telefon in der Hand, täglich tausendfach geriebene Wunderlampe, um den Geist zu rufen, der immer neue Wünsche erfüllen sollte. In dem von unheilvollen Strahlungen erfüllten Hörsaal schützten sich die Studenten mit ihrer Technik wie mit einem Talisman, kämpften an allen Fronten, glaubten, sie könnten alles meistern, quälten sich mit Dringlichkeit und Stress ohne Ende. Abends, wenn die Fensterfronten beschlugen, zeichnete das Blau der Monitore Ringe unter ihren Augen, so tief wie bei Managern. Cécile schauerte. Sie trauerte dem Schlückchen Gin nach, das sie sich auf der Toilette versagt hatte. Ihr fehlte der Schwung, den ihr der Schnaps verlieh, sie wäre am liebsten eingeschlafen.

Eine kleine Blonde hob den Arm. Sie wollte wissen, wie weit Cécile mit der Korrektur ihrer letzten Hausarbeiten war. Cécile brauchte immer länger, um die Berge von Arbeiten zu korrigieren. Sie wusste, dass man hinter ihrem Rücken tuschelte und sich über ihre Langsamkeit beklagte.

»Nach den Ferien«, antwortete sie.

Eine Protestwelle ging durch die Reihen, die sie erhaben ignorierte. Es wäre kein Problem gewesen, ihnen entgegenzukommen, sie hatte genug Zeit, aber sie fand, dass sie ihnen nichts schuldig war. Das war ihre Art, sich für die Erbärmlichkeit der Arbeiten zu rächen, die sie ihr zumuteten. Jedes Jahr stachen vielleicht zehn Studenten aus der Masse hervor, mehr aufgrund ihrer handwerklichen als ihrer dichterischen Qualitäten. Andere waren weniger gut, aber dafür interessanter, sie legten einen reinen Eifer und eine Ernsthaftigkeit an den Tag, um die Cécile sie beneidete, wie man einen unschuldigen Körper für seine Geschmeidigkeit bewundert, die man selbst nicht mehr hat. Seit dreißig Jahren, die sie schon unterrichtete, sah sie sich vor allem mit dem nicht allzu brillanten Geist ganzer Studentengenerationen konfrontiert. Je nach Stimmung verging sie vor Langeweile oder lachte sich halbtot, wenn sie die feigen und immer zu langen Sätze las, einer *écriture automatique* entsprungen, die die Inspiration ersetzte. Sie legten ein verblüffendes Vertrauen in ihre eigenen Wörter und ihre endlosen Darlegungen, die, wenn man sie erst einmal entwirrt hatte, überhaupt nichts aussagten. Die gleichen Sätze und die gleichen Fehler fand sie im Internet bei denen wieder, die sich als große Denker ohne Gesicht und ohne Zurückhaltung präsentierten. Das war eine neue Wunde, die in ihr schwärte. Die Zeiten änderten sich, aber im Grunde änderte sich gar nichts. Abgesehen von ein paar sehr guten Studenten, die später Lehrer werden würden, lebten die meisten nur im Hier und Heute und waren offenkundig nicht dafür geschaffen, Shakespeare zu verstehen. Von Virginia Woolf würden sie außer ihrem spektakulären und poetischen Selbstmord nichts behalten, von Wilde nur seinen traurigen und skandalösen Prozess und von James sein Zölibat. Cécile lebte mit der Einsicht, dass das, was sie tat, zu nichts gut war, und dass sie nichts dagegen machen konnte.

Dabei hätte sie um nichts in der Welt auf ihre Vorlesungen verzichtet. Im meist randvollen Hörsaal setzte sie sich nie hin, sondern ging auf dem Podium hin und her, die Hände in den Hüften oder die Nase zur Decke gestreckt, und hielt leidenschaftliche Plädoyers für ihre Autoren. Sie wusste, dass man wegen ihres Auftritts kam, dass man sie die Castafiore oder den Torero nannte, weil sie auf den Boden stampfte, um ihre Überzeugungen zu unterstreichen, aber das war ihr egal, sie hatte ihren Spaß. In ihrem aristokratischen Englisch und mit ihrem englischen Humor reihte sie beherzt und verblüffend schlagfertig die Anekdoten aneinander oder nahm Klischees und Expertenmeinungen auseinander. Sie holte weit aus, verflocht Lebensgeschichte und Werk, unfehlbar bei Daten, Zusammenhängen und Einflüssen. Seit dreißig Jahren vollbrachte Cécile Lurçat eine schlecht bezahlte Leistung, die selten für das gewürdigt wurde, was sie war: das Tor zur Welt einer wahrhaft königlichen Literatur. Mit einem kleinen Schwips war sie besonders gut, vervielfachte die Abschweifungen, wagte Kapriolen auf dem gespannten Seil. Sobald die Vorlesung vorbei war, flüchtete sie, meistens auf die Toilette, wo sie sich einschloss, um nach ihrer Medizin zu greifen.

Manchmal, wie an diesem Tag, wenn nur wenige Studenten gekommen waren, um ihr zuzuhören, ließ sie sich auf eine kurze Fragerunde ein. Tapfer schluckte sie die Dummheit ihrer Zeit, die Phrasen, die mit unglaublicher Selbstzufriedenheit vorgetragenen großen Worte. Die Idiotie hat sich der Sprache bemächtigt, hatte sie bei einer Dozentensitzung verkündet. Niemand hatte sich gerührt.

»Ist Schamgefühl nicht eine literarische Strategie, um psychologische Ungereimtheiten zu umgehen, also eine Form von Bequemlichkeit bei manchen Schriftstellern?«

Die Stimme kam von links, eine belehrende Männerstimme. Cécile war der bärtige Student mit seiner Pedanterie schon früher aufgefallen, ein aktives Mitglied jener am Ende des 20. Jahrhunderts aus dem Nichts aufgetauchten Gemeinschaft von Jungen, die nie erwachsen werden.

»Das Schamgefühl ist durch und durch englisch«, verkündete Cécile kategorisch, während sie ihr Territorium abschritt. »Es ist weder Manipulation noch schriftstellerischer Schwindel. ›*Never explain, never complain*‹, Sie kennen den Satz. In *The Forsyte Saga*, die Sie zweifellos gelesen haben, gibt es eine Szene zwischen Fleur und ihrem Vater, ich rate Ihnen, sie noch einmal zu lesen. Denken Sie an die Totenmaske aus Reispuder, die die junge Frau trägt, um ihre Verzweiflung zu verbergen. Vergessen Sie das Gerede über Galsworthy, die Zeit vergeht und die Karawane zieht weiter. Niemand kann so enden wie er! Auf diesen wunderbaren Seiten haben Sie die Antwort auf Ihre Frage.« Sie wollte es dabei belassen, zögerte, setzte noch mal an. »Einige von Ihnen haben vielleicht den Film *Gilda* mit Rita Hayworth gesehen.« Leichte Unruhe ging durch den Saal. Die Dozentin verließ die ausgetretenen Wege, sie sprach über einen Film, das war *off topic* und sehr ungewöhnlich. Ein winziger Einblick in das Privatleben von Cécile Lurçat. »›*I'm mad about her, Johnny. Mad.*‹ Da haben Sie das ganze Schamgefühl der Männer«, sagte sie, »in dieser Art und Weise, sich hinter einer Maske oder einer Säule zu verstecken, um ihre Gefühle zu offenbaren. Schamgefühl ist ein Wunderwerk der menschlichen Seele. Es ist weder Verzicht noch Berechnung oder Unmöglichkeit. Das Ungesagte ist kein Schriftstellertrick. Auch das Schweigen gehört zur Literatur.«

»Sie sprechen darüber, als würde es dieses Gefühl nicht mehr geben«, sagte ein Mädchen mit ernster Stimme.

»Ich glaube nicht, dass das Schamgefühl verschwunden ist. Es hat sich nur verändert. Heute versteckt man nicht mehr seine Gefühle, sondern seine Inkompetenz. Wir haben die Welt den Spezialisten überlassen und schämen uns unserer Ahnungslosigkeit. Also stellen wir in einer zu kompliziert gewordenen Welt unsere Persönlichkeit zur Schau und klammern uns an die unendliche Palette unserer Gefühle. Und in dieser Welt sind die Exhibitionisten König. Erinnern Sie sich an den schrecklichen ›Imperialismus des Absoluten‹, von dem Lawrence spricht? Das ist alles für heute«, sagte sie und legte ihre Notizen zusammen.

Die Studenten waren schnell verschwunden und ließen sie im Hörsaal allein. Ihr Herz raste. Sie hatte sich wieder mal aufgeregt. Cécile war nicht so tolerant wie die Divoire, die so tat, als würde sie in jeder Abschweifung der Studenten noch ein Goldkörnchen finden. Am Beginn ihrer Laufbahn hinter dem Pult hatte sie sich geschworen, niemals Günstlingswirtschaft zu betreiben. Toleranz ist bestenfalls versteckte Gleichgültigkeit, dachte sie, Korruption des Geistes, eine riesige Schwäche und fehlender Respekt vor sich selbst und den anderen.

Sie verließ erschöpft den Saal, eilte zur Toilette und zog ihr Fläschchen heraus. An der Tür entdeckte sie einen Satz aus ihrer Vorlesung über Forster. Mit dickem Filzstift hatte eine weibliche Hand dieses Zitat festgehalten: »Ein Adjektiv kann viel überraschender sein und viel mehr auslösen als eine plötzliche Wende«, gefolgt von einem Smiley als Punkt. Etwas unentschlossen fragte sie sich, was sie davon halten solle, und entschied dann, dass ihre Sätze an Toilettentüren große Chancen hatten, ebenso regelmäßig gelesen zu werden wie eine Tageszeitung.

7

Seit Beginn der Besprechung mit Bréguet und der Filmcrew hatte Max seine Gesichtsmuskeln halbwegs im Griff, indem er die Spannung in einen weniger sichtbaren Teil seines Körpers umlenkte, in seine Hände, die unter dem Tisch auf seinen Schenkeln virtuose Klavierläufe zu absolvieren schienen.

Fallbeispiel, Gegenbeispiel, Ausnahme von der Regel, komplette Stilblütensammlung – Pascal Bréguet, ein hypnotischer König Ubu, die Hand flach auf einen imaginären Bauch gelegt, reihte mit coppolesker Überheblichkeit die Schnitzer aneinander. Die Techniker lauschten fassungslos, wie der vor Selbstgewissheit bald platzende Regisseur, der kaum älter war als sie, das absurdeste Zeug von sich gab. Der grenzenlos eitle Geck erfand beim Reden eine neue Form der Lächerlichkeit. Sie saßen im hinteren Saal des Cafés und mieden die Blicke der anderen, um den Ausbruch eines hysterischen Lachens zu unterdrücken, eine explosive Mischung aus Verzweiflung und Ungeduld. Sie mussten vermeiden, »den guten Mann zu vergrämen«, denn sie brauchten alle Arbeit, und »er sitzt an den Reglern«, woran sie der Kameramann während einer Zigarettenpause erinnert hatte.

Nach einem kühnen, weltweiten Überblick über die Geschichte des Films teilte Bréguet jedem in der Crew eine Berühmtheit zu, deren Name ihm mit post-it auf die Stirn geklebt wurde, um Missverständnisse zu vermeiden. Der Kameramann sollte, so Bréguet, filmen wie »die drei A«.

»Die drei A?«

Nun erfuhren sie, dass der geniale Bréguet diese Sammelbezeichnung dem Trio Alekan, Almendros und Alcott verliehen hatte, von dem sich der Kameramann in dem vierzehn Quadratmeter großen Ess- und Wohnzimmer ihres Kurzfilms inspirieren lassen sollte. Die Kostümbildnerin sollte mit ihren billigen Siebziger-Jahre-Kleidern Givenchy nacheifern. Sie zog es vor, während der Predigt des Gernegroß an etwas anderes zu denken. Die Hauptdarstellerin, die die Mutter in der karierten Schürze spielte, sollte einen auf Truffaut machen, frühe Periode, »du weißt schon, gespreizte Aussprache, eher schrill«, und der Hauptdarsteller, obwohl er nicht dabei war, bekam einen Komiker zugeteilt, »Peter Falk bei Cassavetes mit einem Hauch Jean Bouise«.

»Jean Bouise?«, fragte der Aufnahmeleiter.

»Vergiss es«, riet ihm Pascal Bréguet.

Nach einer Stunde voller Widersprüche, leerer Sätze und Namedropping hatten alle aufgegeben, sich Notizen zu machen. Das hochschwangere Scriptgirl bekam die Erlaubnis zu gehen. Nach zwei Stunden waren alle kurz vor dem Durchdrehen. Der Tonmeister zeichnete Spinnweben auf sein Heft, die beiden Praktikantinnen drehten sich Zigaretten auf Vorrat, und die Cutterin schrieb SMS.

»Es gibt ein Problem mit der Kameraführung, das wir jetzt klären müssten«, sagte Max, der sich zwang, ruhig zu bleiben.

Bréguet musterte ihn mit einem unehrlichen Grinsen. Er hatte das bisherige Schweigen der Techniker für Respekt gehalten, und Max' Zwischenruf war ein eindeutiges Signal der Auflehnung. Max skizzierte rasch einen Plan, riss das Blatt aus seinem Heft und ließ es ans andere Ende des Tisches zu Bréguet segeln. Der Regisseur musterte die Skizze mit gerunzelter Stirn. Die anderen warteten, sie sahen das Elfmeterschießen kommen, das die sehnsüchtig erwartete Erlösung weiter hinauszögern würde.

Bréguet machte ein paar Korrekturen an der Zeichnung, dann schob er das Blatt zu Max, wie im Western die Whiskygläser von einem Ende der Theke zum anderen schlittern, bevor die Prügelei beginnt.

»Wenn man die Kamera zum Fenster verschiebt, sobald die Mutter aufsteht, um abzuräumen, ist das Problem gelöst, oder? Das ist ein Detail, Max, das sehen wir später.«

»Nein, das ist kein Detail. Ich muss genau wissen, wo die Kommode stehen soll, die du unbedingt als Requisite haben willst und die die Frau zwingt, sich im Krebsgang bis zur Küche zu bewegen.«

»Scheißegal!«, brüllte Bréguet und zeigte mit dem Finger auf Max. »Du hast dich auch gar nicht geändert, was? Schon an der Oberschule hat er alle genervt«, sagte er und schaute in die Runde. »Warum sagst du dies? Warum tust du das? Max, du nervst mit deinen bescheuerten Details. Basta.«

»Das Detail ist mein Beruf, und du kotzt mich an, Pascal Bréguet. Du bist ein Amateur, das haben alle hier begriffen. Wir werden deinen dämlichen Kurzfilm drehen, aber du kannst sicher sein, wenn wir etwas Vorzeigbares zustande bringen, dann dank uns und trotz deiner Unfähigkeit.«

Bréguet suchte halb triumphierend, halb besorgt nach Unterstützung, die er bei ein paar in Bedrängnis geratenden Hilfskräften fand. Die anderen starrten intensiv auf ihre Hände und ihre Notizen, reglos wie in einem Wachsfigurenkabinett.

Bréguet und Max maßen sich mit Blicken. Der Filmemacherlehrling hatte nicht vergessen, was für ein perverses Vergnügen Max früher dabei empfunden hatte, sich nach Unterrichtsschluss zu prügeln, als machte es ihm Spaß, dass man ihn zusammenschlug. Manchmal behielt er die Oberhand, aber meistens landete er am Boden. Sein Cousin hielt sich im Hintergrund, ohne einzugreifen. Er spielte den Beobachter, und man hatte oft den Eindruck, dass er gern zusah, wie Max fertiggemacht wurde. Zwei Verrückte, die zueinander passten. Max, an einem Ende des Tisches, von seinen Ticks gequält, war bereit zum Angriff, und Bréguet fragte sich, warum er so naiv gewesen war anzunehmen, der schöne Schwachkopf werde ihn nach so langer Zeit endlich respektieren.

»Das sehen wir später«, sagte er überdrüssig und in einem so traurigen Ton, dass alle am Tisch den Kopf hoben und ihn ansahen.

In diesem Augenblick kam Bréguets Frau mit einem fröhlichen Baby auf dem Arm herein und sorgte für Ablenkung. Max nutzte die Gelegenheit und machte sich davon.

Verärgert, weil er während der Sitzung den Idioten gespielt hatte, beschloss Max, zu Fuß den Boulevard Lefebvre hochzugehen, um nachzudenken und seinen Gesichtszuckungen freien Lauf zu lassen. Seine Nase war kurz vor dem Explodieren, und die aufs Äußerste gespannte Hautmaske drohte jeden Moment zu zerreißen. In der U-Bahn verbarg er die Grimassen unter dem Schal, rief seine Mutter an und sagte ihr, dass er die Barbie abholen werde.

Der Fahrstuhl der Valettes war so eng wie ein Sarg und deshalb unbenutzbar, also ging er zu Fuß die fünf Etagen hinauf. Françoise und Marie-Ange hatten es nicht für nötig befunden, ihm die Schlüssel nachmachen zu lassen, die er ein paar Monate zuvor verloren hatte, deshalb musste er klingeln; wie ein Fremder, dachte er.

»Warum reißt du dir den Mantel vom Leib?«, fragte Marie-Ange, die ihm durch den Flur folgte.

»Hier erstickt man ja. Ihr kommt noch um bei der Hitze.«

Die Unordnung in der Wohnung von Max und Raphael war ein Witz im Vergleich zu der, die bei ihren Müttern herrschte. In der Mitte des Nähzimmers versperrten drei kopflose Kleiderpuppen wie große Kegel den Weg. Ein Holztisch entlang der Wand war vollständig von unechten Schätzen bedeckt. Meterware von Spitzen lag neben Rollen mit Posamenterie und Schachteln mit kleinen Schubfächern, die mit bunten Murmeln und falschen Juwelen vollgestopft waren. Das in vergilbte Ordner auf chaotischen Regalbrettern gestopfte Archiv der Gewandmeisterinnen füllte die komplette Wand neben der Küche. Marie-Ange und Françoise hatten sich damit abgefunden, in Rente zu gehen, aber es kam nicht infrage, dass man ihren Fundus anrührte.

»Maman, wenn du nicht die Heizung ausmachst, bin ich weg!«

»Du bist wirklich anstrengend. Der arme Klein«, sagte Marie-Ange und drosselte die Heizung.

Max murmelte vor sich hin. Er hatte darauf verzichtet, ihnen zu sagen, dass er seit einigen Monaten nicht mehr zu Dr. Klein, seinem Psychiater, ging. Eines Morgens war ihm bewusst geworden, dass ihm dieser Vertraute nach fünf Jahren loyaler Geständnisse auf der Couch im Gegenzug für ein paar armselige »Fahren Sie fort«, die er wie einen Obolus in Max' Schweigen warf, immer noch seine Träume und sein Geld wegnahm. Entmutigt von Kleins beschränktem Wortschatz, hatte Max ihn von heute auf morgen fallen lassen. Er lief jetzt ohne Krücken, aber davon wussten die Valettes nichts.

Wortlos drehte er den Fernseher leise.

»Mmm!«, brummte Françoise, zwischen deren zusammengepressten Lippen schon wieder eine Nadel steckte.

»Man versteht ja sein eigenes Wort nicht.«

»Das ist Karajan! Eine Mozart-Symphonie.«

Max setzte sich neben seine Tante auf das Sofa. Auf dem Bildschirm dirigierte Karajan mit geschlossenen Augen und gesenktem Blick Musiker in schwarzen Anzügen, die alle wie Stasi-Spione aussahen. Der Dirigent spielte gegen sie an, dickköpfig und bereit, wie ein schmollendes Kind mit dem Fuß aufzustampfen. Die Mozart-Symphonie war die Klingeltonmelodie, abgedroschen und billig, man konnte sie kaum anhören. Max konzentrierte sich, um unter der Dreckschicht das Original, das Meisterwerk wiederzufinden. Vergeblich. Die Symphonie war verdorben. Raphael hat recht, dachte er, die Werke sterben, weil sie zu oft gesehen werden.

»Was ist das?«, fragte er seine Mutter, die die Knopflöcher eines Hausmantels aus blassviolettem Samt überprüfte, der über den Schultern einer Kleiderpuppe hing.

»Das ist für *Die menschliche Stimme*, das Stück wird im Frühling in einem kleinen Theater inszeniert. Sie haben keinen Cent, wir helfen ihnen ein bisschen.«

Es gab nicht zwei Valette-Schwestern, sondern vier. Wieder einmal gelangte Max zu dieser deprimierenden Einsicht. Es gab die beiden, die alle liebten, die lustig und einnehmend waren, bereit, einem Unbekannten, im Gegenzug für ein paar Komplimente, jeden Gefallen zu tun. Und es gab die anderen, die unerträglichen, die nur Raphael und er kannten.

Er nahm das Angebot eines »schnell gemachten« Kaffees an. Marie-Ange gab ihm die neu bekleidete Barbie. Sie hatte mit einem Stück Silberlamé ganze Arbeit geleistet. Wie betäubt von dem stummen Fernseher und den beiden Schwestern, die sich wieder ihrer geräuschlosen Beschäftigung zugewandt hatten, ließ er sich sanft in die gemütliche, lähmende und geschlossene Welt der beiden Frauen sinken. Max und Raphael hatten darin eine Kindheit in dünner und vergifteter Luft verbracht, die ihnen unverzichtbar geworden war. Sie hatten darin verbotene Erfahrungen gemacht und geglaubt, das Richtige zu tun. Dann waren sie fortgegangen, erschöpft von einer Welt, die sie für verrückter hielten als sich selbst, zu zweit von den Valettes verlassen. Max fuhr aus seinem Sekundenschlaf hoch. Nichts um ihn herum hatte sich bewegt.

»Habt ihr was dagegen, wenn Louise und Cécile im Laufe der Woche wegen ihrer Kostüme vorbeikommen?«, fragte er und stand auf.

»Cécile auch?«, fragte Françoise, überrascht, dass die Alte von unten eingeladen war.

Schon im Gehen leierte Max ihnen noch einen Oranginakrug aus dem Kreuz, den er kürzlich in der Kammer gesehen hatte.

»Ich brauche ihn«, sagte er.

»Hör mal, gut, dass du vorbeigekommen bist, wir müssen dir was sagen, und wir verlassen uns darauf, dass du es Raphael vernünftig beibringst. Wir haben schon ein Angebot für die Wohnung. Der Makler hat vorhin angerufen, es kann sein, dass wir den Kaufvertrag ziemlich schnell unterzeichnen. Wenn alles gut läuft, müsst ihr in zwei Monaten ausziehen. Seht zu, dass ihr was findet. Wir werden den ganzen Plunder eurer Großmutter ausräumen. Um alles andere müsst ihr euch selbst kümmern.«

Max spürte, wie die Wut aufstieg, er würgte sich den Schal um den Hals, als wollte er sich aufhängen.

»Es ist echt zum Kotzen, dass ihr uns das antut«, sagte er, und sein Gesicht zuckte unaufhörlich. »Was steckt dahinter? Seid wenigstens einmal ehrlich.«

Wenn die Valette-Schwestern schwiegen, dann schwiegen sie im Duett, und dann war es unmöglich, gegen diese Betonwand anzurennen. Max verzichtete darauf und zeigte ihnen damit seine Verachtung, die sie ebenfalls im Duett, und ohne mit den Wimpern zu zucken, einsteckten.

Der Türrahmen markierte die Grenze, Max verließ die beiden Frauen wortlos und niedergeschlagen.

Aus der Entfernung, Arme und Beine in einer komplizierten Pose angeordnet, glich Raphael einer neurotischen Skulptur. Max ging zu ihm in den schon geschlossenen Park. Raphael war für immer und ewig seine ebenso unwiderstehliche wie abstoßende Sucht. Von nahem roch er nach Holzleim und dem Ambraparfüm, das er seit seiner Jugend benutzte, ein schwerer Duft, den er überall hinterließ. Max musste nichts sagen. Er wusste, dass seine bloße Anwesenheit auf der Bank für das Überleben seines Cousins ausreichte. Er musste nur da sein. Raphael legte den Kopf an seine Schulter.

»Hör auf!«, sagte Max und stieß ihn weg. »Du stinkst nach Kleister«, fügte er freundlicher hinzu.

»Zuhause ist jemand«, murmelte Raphael.

»Wer?«, fragte Max, der etwas Ungewöhnliches ahnte.

»Eva, meine Kundin. Die Frau mit dem Bild. Ich habe

sie in meinem Zimmer untergebracht. Ich schlafe auf dem Sofa im Wohnzimmer. Stört dich das?«

»Ich habe einen schwierigen Tag hinter mir, Raphael, also ich meine schon, dass mich das stört. Was treibt die gute Frau überhaupt in unserer Wohnung?«

Raphael erklärte ihm die Situation und erwähnte mögliche Scherereien.

Meistens spielte Max den Gequälten, aber eigentlich hatte er nichts gegen Scherereien. Manchmal waren sie imstande, ihn seinen Körper und seine Leiden vergessen zu lassen. Anders als ihm die einen oder anderen eingeredet hatten, glaubte er nie daran, dass Glück die Lösung seiner Probleme war, er ging davon aus, dass ihn eines Tages ein Riesenärger heilen würde.

Max warf den Kopf nach hinten und steckte die Hände in die Jackentaschen. Er war erschöpft und fühlte sich, als hätte er den ganzen Tag damit verbracht, sich mit allen herumzustreiten, was teilweise auch zutraf. Von der alten Verzweiflung gepackt, die Klein seinen melancholischen Kern nannte, versuchte er sich einzureden, dass die ungewöhnliche Anwesenheit dieser Frau in der Wohnung die gute Nachricht zum Wochenende war. Raphael legte den Kopf erneut an seine Schulter, diesmal ließ er ihn gewähren.

Sie saßen eine Weile schweigend in der menschenleeren Anlage, jeder ermaß für sich selbst das Chaos, das die Neuigkeit in ihrem aus tausend Winzigkeiten bestehenden Leben anrichtete, während sie auf die Fenster ihres Hauses starrten. Max war außerstande, Raphael zu erzählen, dass die Wohnung so gut wie verkauft war. Ebenso wenig konnte er sich vorstellen, wie es danach weitergehen sollte. Man trat ihre Rituale mit Füßen und versuchte, Ordnung in ihr Chaos zu bringen, aber niemand würde ihnen helfen, sich für eine Zukunft zu entscheiden. Max fragte sich, wer die vom Himmel gefallene Frau war, die der Eremit Raphael in seinem Zimmer aufgenommen hatte. Das war unglaublich, vielleicht gefährlich, aber sehr aufregend, wie er sich eingestand.

»Scheißtag!«, rief er begeistert und sprang auf.

Raphael lachte.

»Das hast du gestern schon gesagt«, erinnerte er ihn, während er ihm zur Haustür folgte.

8

Jeden Morgen bedeckte der in der Nacht gefallene Schnee mit seiner strahlenden Reinheit die graue Schicht vom Vortag und zwang den Parisern seinen Rhythmus auf wie ein endloser Streik, eine kleine Katastrophe, die die Händler zur Verzweiflung und Unbekannte einander näher brachte. Nachdem die anfängliche Begeisterung verflogen war, offenbarte er allmählich seine Morbidität und hüllte die Stadt in die Stille eines schallgedämmten leeren Saals. In der Wohnung beklagte man sich nicht. Eva war in ihrem Element, Max hatte eine Neigung zu Katastrophen, und für Louise war der Schnee ein unerschöpfliches Gesprächsthema.

In den drei Tagen, seitdem Eva dort wohnte, war der Makler mit seinem Trio täglich vorbeigekommen und hatte sie nebenbei daran erinnert, dass sie nur noch eine Gnadenfrist hatten. Völlig entnervt rief Max den Makler an, um das Kommen und Gehen der Störenfriede zu beenden, »die schon in den Startblöcken stehen, um ihre Kartons anzuschleppen«. Die Hanni-Bannis wurden informiert und eilten unverzüglich herbei, um die Situation zu entschärfen. Sie entdeckten Eva, absurde Odaliske, in einem Sessel versunken, mit einem Kunstbuch auf den Knien. Nach vagen Erklärungen, die ihnen Max mit leiser Stimme in der Küche gab, zogen sie wieder ab. Louise, die für den Werbespot ausgewählt worden war, dessen Bezahlung alle Erwartungen übertraf, schwebte einen Tag lang. Cécile wurde Eva mit größter Vorsicht vorgestellt. Da sie um die Empfindlichkeit der Cousins wusste, beschloss sie, den Neuankömmling in ihren exklusiven Club aufzunehmen.

Eva machte keinerlei Geräusch und bewegte sich wie ein Schleier im Wind, immer in helle Wollgewänder und lange Tücher gehüllt, die mehrfach um ihren Hals lagen. Sie träumte viel vor sich hin und sah ihren Mitbewohnern diskret und wohlwollend beim Leben zu. Sie verbrachte viele Stunden allein in Raphaels Zimmer, widmete sich gemächlich der Lektüre eines Buches auf Finnisch, ihrer Muttersprache, wie sie ihnen eines Abends ohne weitere Einzelheiten verriet. Das Geheimnis, das ihre Anwesenheit und ihr mögliches Fortgehen umgab, wog nicht schwer. Cécile verfolgte jeden Tag die Nachrichten und informierte die Wohngemeinschaft über die Entwicklungen des Finanzskandals, in den Evas Mann verwickelt war. Die Frau des Geschäftsmanns wurde nie erwähnt. Manchmal zuckte sie zusammen, wenn Türen knallten, und wenn es klingelte, versteckte sie sich in ihrem Zimmer. Sie war wie durch einen Zauber gekommen, und nun war sie da, ebenso kostbares wie absurdes Objekt, das Beschützerinstinkte weckte. Eva war niemand, dem man Fragen stellte. Den gleichen Respekt, den sie jedem bezeugte, der sich ihr näherte, flößte sie auch anderen ein, weshalb es unmöglich war, sie auf den Boden der Tatsachen zurückzuholen. Man wartete, dass sie beschloss, über ihr Leben zu sprechen, wenn sie es für richtig hielt. Jeder tat sein Bestes, um ein Klima des Vertrauens zu schaffen, das ihr helfen würde, sich zu offenbaren.

Max hatte versucht, ihr Alter zu schätzen. Vierzig? Etwas mehr? Ihr Gesicht war von kindlicher Reinheit, aber das elegante Auftreten und die Zurückhaltung ließen sie älter wirken. Er hatte sich ihren Körper und die kaum sichtbaren Brüste unter der Satinbluse vorgestellt. Er wusste nicht, was er im Bett mit ihr hätte anfangen sollen, und ließ sie leben, ohne sich weitere Fragen zu stellen. Andere Sorgen beanspruchten seine Aufmerksamkeit. Er musste auf Raphael aufpassen, der den Boden unter den Füßen verlor, ohne dass jemand es merkte. Nur er konnte die winzigen Anzeichen deuten, die ihm verrieten, dass sich sein Cousin allmählich von der Wirklichkeit löste. Raphael sah ihn nicht mehr an, ging nicht mehr weiter als bis zum Park, tat nur noch so, als arbeitete er, und stand immer später auf. Niemand begriff, was sich zwischen Raphael und ihm abspielte. Alle hielten es für selbstverständlich, dass sie weiter zusammenwohnen, irgendwo anders das gleiche chaotische Duo reproduzieren würden. Max hatte oft festgestellt, dass die anderen eine Veränderung nur für sich selbst akzeptierten.

Cécile ging zum Empfang beim Rektor, ohne jemandem Bescheid zu sagen. Sie hatte sich schon früh angewöhnt, ihr Leben in streng getrennte Bereiche zu teilen.

Nie gab sie irgendwem Rechenschaft über ihr Kommen und Gehen. Ihre Studenten wussten nichts über sie, und privat sprach sie nie über ihre Arbeit. Die Zukunft ermaß sie an den Verfallsdaten auf Milchflaschen und Fruchtjoghurts im Kühlschrank, die sie nach einem plötzlichen Tod überdauern würden. Deshalb sah niemand, wie sie in orange schimmerndem Abendkleid und Fellstiefeln das Haus verließ, ein Paar Lackpumps in einem mit Chrysanthemen bestickten Moirébeutel.

Die obligatorischen Empfänge des Rektors waren das große Werk seiner Frau, einer eifrigen Leserin des Handbuchs für Lebenskunst aus den sechziger Jahren, dessen Anweisungen sie jedes Jahr vor Weihnachten auf immer gleiche Art befolgte. Kaum angekommen, spürte Cécile die altbekannte Erschöpfung wie die vertraute Wirkung eines Schlafmittels in sich aufsteigen. Sie begrüßte sofort den Rektor, um Präsenz zu zeigen, eine seit Jahren erprobte Taktik, die darin bestand, auf sich aufmerksam zu machen, bevor man diskret verschwand. In wenigen Minuten hatte sie eine Runde durch den Saal gemacht und allen die Anekdoten präsentiert, die im Gedächtnis bleiben würden. Sie gab sich eine Stunde und schlenderte zwischen ihren Kollegen und deren Ehepartnern umher, die von der Frau des Rektors verhätschelt wurden wie angeheiratete Familienmitglieder, die sich etwas verloren fühlten.

»Gestatten, Charles Danglars!«

Cécile, die seit ein paar Minuten neben dem Büffet vor sich hin döste, drehte sich um, hob den Kopf und sah neben sich einen irritierenden Riesen stehen. In ihrer Überraschung lächelte sie den Unbekannten etwas dümmlich an, während sie ihn musterte. Quellwasserblick und eckiges Lächeln, ein sehr schöner Mann, stellte sie beeindruckt fest. Ohne dass sie ihn gefragt hatte, erklärte er ihr, er sei in leitender Funktion im Luftfahrtsektor tätig. Die Universität habe ihn gebeten, im Rahmen des Moduls »Innovation und Globalisierung, Herausforderung für Frankreich« einen Vortrag zu halten. Cécile unterbrach ihn freundlich.

»Ich pfeife auf die Globalisierung«, sagte sie mit einem Lachen, um ihrer Äußerung die Schärfe zu nehmen.

»Und die Herausforderung?«

»Ich fordere jeden Tag die Dummheit meiner Studenten heraus. Das ist ein Vollzeitjob.«

Über sie geneigt wie über einen Zwerg, hörte er zu, wie Cécile von ihrem Uni-Alltag erzählte. Sie vergaß, dass sie distanziert war, und öffnete für die schönen Augen des eleganten Muskelprotzes arglos die Grenze zwischen ihren Welten. Etwas Ungewöhnliches geschah, und ein Teil von ihr beobachtete neugierig, wie der andere einen Strauß lustiger Sprüche aus dem Hörsaal zum Besten gab, um Charles zum Lachen zu bringen.

Dann übernahm Charles. Er fegte ihr Intellektuellengehabe hinweg und überwand ihre Vorbehalte, indem er ihr anstelle von Allgemeinbildung die Reisen vorsetzte, die er in fast alle Länder der Welt unternommen hatte. Dieser Charles Danglars war ein großartiger Typ, trotz seiner Lücken in englischer Literatur und seiner Vorliebe für fremde Länder, wohin es sie überhaupt nicht zog.

Als die Hausherrin ihn unterbrach und mit einem »ich entführe ihn fünf Minuten« fortzog, nutzte Cécile die Gelegenheit, um Pauillac nachzutanken. Da sie nicht leben konnte, ohne nachzudenken, hörte sie im allgemeinen Stimmengewirr eine Weile in sich hinein, verblüfft von der unglaublichen Begegnung, die sie soeben gemacht hatte. Sie gab zu, dass sie durcheinander war, und stellte überrascht fest, dass der Panzer, mit dem sie ihren Körper und ihr Herz umgab, nicht so fest war, wie sie angenommen hatte. Sie versuchte sich zu erinnern, wie lange sie schon allein zu den Empfängen des Rektors kam, sah sich einige Jahre zuvor am Arm von Alexander Dietbach, mit dem sie in diesem Saal gelacht und wissende Blicke gewechselt hatte. Mit Tränen in den Augen dachte sie daran, dass dieser wunderbare Mann, mit dem sie sich genug für ein ganzes Leben geliebt hatte, jetzt auf einem kleinen Dorffriedhof in Schleswig-Holstein lag. Gemeinsam hatten sie fünf Jahre lang eine wunderbare Geschichte erlebt, die in einer sonnigen Gasse der Altstadt von Nizza mit einem Schlag geendet hatte. Dort war Alexander mitten in einem Satz vor ihren Füßen zusammengebrochen, und sie musste zusehen, wie sie allein mit dem Rest ihres Lebens zurande kam. Förmlich angebetet hatte sie den eleganten Ästheten mit seinem eisigen Humor, ein Goethespezialist, beeindruckend in seiner Gelassenheit, der wahrhaftig alles wusste. Nach seinem Tod und nachdem sich ihre gemeinsamen Freunde schnell verflüchtigt hatten, hatte Cécile den unterbrochenen Lauf ihres Singlelebens ohne großes Aufsehen wieder aufgenommen und mit Alexander alle Bestrebungen begraben, es mit jemandem zu teilen.

Eine Stunde später fand Charles Danglars sie gründlich betrunken auf einem Sofa wieder. Cécile fiel auf, dass sein eckiges Lächeln die klaren Konturen verloren hatte. Offenbar habe ich ihn nicht wirklich beeindruckt, dachte sie etwas enttäuscht. Vergeblich versuchten sie, das nun stockende Gespräch wiederzubeleben. Bald verschwand Cécile mit der Diskretion eines Singles und ließ ihrem Unbekannten mit einem unbestimmten Händedruck einen unendlich dankbaren Blick als Erinnerung zurück.

Kurz nach Mitternacht ging Louise eine Etage nach unten und presste das Ohr an die Tür, um sich zu vergewissern, dass Cécile noch nicht schlief, bevor sie klingelte. Tatsächlich schlief sie nicht, sondern döste in seltsamem Sonntagsstaat, mit orangefarbenem Abendkleid und schwarzen Lackschuhen, auf ihrem Sofa, während das Radio lief. Cécile gab ihr ziemlich schroff zu verstehen, dass sie keinen guten Abend erwischt habe. Die junge Frau ging wieder, empört über die Bewohner dieser Stadt, die ihr Privatleben brutal markierten, die gaben und nahmen, wie es ihnen gerade passte. Sie dachte an ihre kinoversessene Tante, die den Alkohol »inkompatiblen« Männern vorgezogen hatte, und hoffte, dass Cécile nicht dieselbe Wahl traf, wenn sich die Gelegenheit bot.

Als sie wieder in der Wohnung war, schlich Louise auf Zehenspitzen in ihr Zimmer. Am Ende des dunklen Flures stolperte sie vor der Tür von Max über ein riesiges, dunkles Paket. Sie beugte sich herab und begegnete verblüfft Raphaels rasend wütendem Blick. Er atmete laut und war nicht mehr er selbst. Sehr verlegen fragte sie ihn flüsternd, ob etwas nicht in Ordnung sei. Raphael packte mit mörderischem Griff ihren Arm und starrte sie mit irren Augen an. Louise schrie vor Angst und Schmerz auf. Er löste die Umklammerung, plötzlich schlaff wie eine vom Puppenspieler fallengelassene Marionette. Louise hörte, wie sich die Tür öffnete, Max legte den Finger auf den Mund und hob Raphael unendlich vorsichtig hoch. Er zog ihn in sein Zimmer und schloss wortlos die Tür.

Allein in ihrem Zimmer, entmutigt von den Geheimnissen der anderen, von Céciles alkoholisierten Launen, Evas perversem Schweigen, Max' traurigen Ticks und nun auch noch Raphaels unerwarteter Gewalt, dachte Louise an das Haus ihrer Kindheit und die Türen, die immer offen gestanden hatten. Vielleicht war das auch eine Art, die Geheimnisse zu beschwören, überlegte sie sich, sie zu verjagen, bevor sie sich einnisteten. Sie stellte fest, dass die fehlende Privatsphäre aus ihr ein wehrloses Wesen gemacht hatte, außerstande, sich die dunkle Seite der Menschen vorzustellen, mit denen sie verkehrte. Zutiefst deprimiert und wütend auf diese widerliche Clique, ging Louise ins Bett. Und weil man bei Nacht sein Leben neu gestaltet und sich selbst die Hauptrolle darin gibt, wandte sie sich ihrer eigenen Person zu und dachte über Alternativen nach. Endlos drehte sie sich in ihrem Bett und beschloss schließlich eine spektakuläre Rückkehr nach Bordeaux. Sie konnte ihre Show ebenso gut in der Provinz inszenieren, an Kleinbühnen fehlte es nicht. Von Max erhoffte sie nichts mehr. Entweder man gefällt sofort oder man gefällt nie, dachte sie.

Aber ein paar Stunden später, vom Schlaf geliftet und von der Wirklichkeit eingeholt, erwachte Louise in einem völlig anderen Geisteszustand. Ihr in der Finsternis hervorkriechendes Verlangen zu wissen, was sich hinter den Türen abspielte, hatte allen Raum eingenommen. Sie beschloss, sich durchzusetzen, und packte den Koffer wieder aus, den sie vor dem Einschlafen in einem früheren Leben hastig vollgestopft hatte. Sie wählte eine passende Rüstung für die neue Louise, eine violette Samthose und einen enganliegenden kanariengelben Pullover. Dann suchte sie bei Bob Mitchum Zuspruch.

»Vorwärts, meine Schöne«, sagte ihr Held. »Vorwärts.«

9

Max hatte eingewilligt, Louise zu Damiens Konzert zu begleiten. Sie mussten früh zu Abend essen, und Raphael rief Cécile am Nachmittag an, um sie einzuladen. Er wollte sie bis zu ihrer Abreise nach England nicht allein lassen. Die Aussicht auf das Wiedersehen mit ihrer Familie zermürbte sie, und sie kam jedes Jahr in schlechter Verfassung aus London zurück. Fest entschlossen, jeder Abfuhr zu trotzen, ging die neue Louise nach unten, um Bescheid zu sagen, dass das Essen fertig sei. Cécile wirkte ziemlich verschlafen. Louise spürte, dass sie nicht drängeln durfte, und wartete einen Moment. Nach einigen Minuten stellte sie fest, wie gut ihre Gesellschaft der unfreiwilligen Einsiedlerin tat, wie die Lebensgeister erwachten, die Sätze länger wurden, das Lachen, kurzum, das Leben zurückkehrte.

»Haben Sie Nachrichten gehört?«, fragte Louise. »Sitzt er schon im Knast?«

»Keine Ahnung. Ich bin bei den internationalen Ermittlungen wegen der Offshore-Konten ausgestiegen. Das ist heftig, wie ihr da oben sagt. Geht es ihr gut, der Milliardärsgattin?«

Céciles scharfe Ironie lebte auf, aber der ebenso scharfe Alkoholgeruch war Louise unangenehm.

»Sie irrt herum, scheint sich aber nicht zu langweilen. Seit sie da ist, hat sie keinen Fuß vor die Tür gesetzt. Diese Frau hat keinen Geruch, keine Vergangenheit und keine Pläne. Sie ist in der Schwebe. Und man hat das Gefühl, dass sie ein Geheimnis mit Raphael teilt.«

»Ist er in sie verliebt?«

»Nein! Natürlich nicht! Sie ist mindestens zehn Jahre älter als er.«

Ein böser Blick traf Louise. Plötzlich stellte sich das Alter, ewiges Gemetzel zwischen den Generationen, zwischen sie.

»Na und!«, rief Cécile, plötzlich gereizt. »Glauben Sie, das ist immer so einfach? Die Schönen mit den Schönen, die Alten mit den Alten, die Dummen mit den Dummen? Mit so einem Schwachsinn wäre *Gilda* niemals möglich gewesen. Niemals hätte ein Glenn Ford auch nur zu denken gewagt, sie könne ihn lieben, so pausbäckig und hässlich, wie er mit seinen Bürstenbrauen war. Ihre Rita war total verrückt nach Orson Welles, oder? Das haben Sie mir doch erzählt.«

»Ja, ich bin blöd. Entschuldigen Sie.«

Nach kurzem Zögern erzählte Louise, dass sie Raphael in der Nacht auf dem Boden vor Max' Zimmertür gefunden hatte.

»Ich weiß nicht, was das bedeuten soll. Sie vielleicht?«

»Nein. Sie haben ein Problem, das uns nichts angeht. Vielleicht werden sie am Ende ihre Mütter oder sich gegenseitig umbringen. Ich habe keine Ahnung. Ihre

Geschichte ist ein Elfenbeinturm, um den wir nur herumschleichen können.«

»Ich bin in Max verliebt«, gestand Louise.

»Ich wusste es!«, kreischte Cécile triumphierend und schlug sich auf die Schenkel. »Ich wusste, dass Sie nicht lange standhalten würden. Max ist unwiderstehlich. Unter uns gesagt, Sie hätten sich genauso gut in Raphael verlieben können. Das ist gehupft wie gesprungen.« Sie seufzte laut und legte die nackten Füße auf den niedrigen Tisch. »Aber passen Sie auf, Louise, egal, wie groß die Verrücktheit und die Einsamkeit ist, man macht sich immer vom Verrücktesten abhängig. Max ist gefährlich. Jedenfalls für Sie.«

»Glauben Sie, da ist keine Hoffnung?«

»Fragen Sie ihn!«, beschied Cécile sie herausfordernd und leerte ihr Glas. »Riskieren Sie es. Um zu gewinnen, muss man spielen.«

Sie ließ Louise einen Moment nachdenken.

»Ich habe meinen Studenten von *Gilda* erzählt«, sagte sie dann.

»Wirklich?«

»Ja. Wir haben über Schamgefühl gesprochen, und ich habe *Gilda* erwähnt.« Louise sah sie mit einem Lächeln an, das Cécile wunderbar fand. Sie hatte es endlich geschafft, ihr Gebiss zu ignorieren, bemerkte es ebenso wenig wie Max' Ticks. »Ich habe ein Loblied auf das Schamgefühl gesungen und als ich von *Gilda* sprach, dachten sie, ich mache ihnen ein Geständnis. Die Studenten haben nämlich ein ausgeprägtes Bewusstsein für das Privatleben ihrer Dozenten. Ein Tabu, das sie fasziniert. Wenn sie mich jetzt so sehen würden!« Sie lachte.

Louise drängte, Cécile verschwand, um Schuhe anzuziehen und eine Flasche aus der Küche zu holen.

Sobald Cécile eintraf, die offenkundig Gehör, Zuwendung und Anerkennung brauchte, drehte sich alles um sie. Max und Raphael wussten, dass man die Nachbarin an schlechten Abenden davor bewahren musste, einen bestimmten Pegel zu überschreiten, ihr langsam einschenken und vor allem die Flaschen außerhalb ihrer beachtlichen Reichweite abstellen musste. Der Alkoholiker ist beweglich und durchtrieben wie ein Affe, pflegte Max zu sagen, der sich bei dem Thema fast ebenso gut auskannte wie Cécile. Sie setzten sich an den mit gestreiften Servietten, einer tannengrünen Vereco-Glasschüssel, einem Salzstreuer und dem Oranginakrug der Valettes gedeckten Tisch. Nach mehreren Waschmaschinengängen machte die Tischdecke einen befriedigend abgenutzten Eindruck. Max hatte sogar die Champignons à la Grecque aus Bréguets Drehbuch zubereitet. Er wartete ein Viertelstündchen, bevor er eine Flasche öffnete.

»Louise sieht heute wunderbar aus, findet ihr nicht?«, fragte Cécile. »Das rote Kleid steht ihr perfekt. Die Männer lieben Frauen in Rot«, ergänzte sie und sah Max an.

Sie sprachen über Farben. Raphael erklärte ihnen, dass winzige rote Punkte die Landschaftsbilder von Corot vor Fadheit bewahrten und die Perspektiven verstärkten. Er erwähnte die Frau mit den roten Strümpfen von Marquet, die niemand am Tisch kannte. Max sagte, er hasse das ausgehende 19. Jahrhundert, weil damals überall Schwarz geherrscht habe. Das Weiß, das

Eva mit einem gespenstischen Schein umgab, wurde nicht erwähnt, aber alle dachten daran.

In der Küche verriet Max Louise, dass Cécile ein trauriges Häufchen Elend wurde, wenn sie betrunken war.

»Das Schlimme ist, dass sie sich am nächsten Tag an alles erinnert«, erklärte er, während er den Ziegenkäse auspackte.

»Eva hat erzählt, dass du heute Nachmittag eine Wohnung besichtigt hast. Hat sie dir gefallen?«

»Das Problem ist nicht wo, sondern wie ich leben werde.«

Wie ein berauschender Duft stieg eine verrückte Hoffnung in Louises Kopf. Blitzartig sah sie sich ihre Kisten in ein Zimmer für sie beide stellen.

»Was meinst du damit?«

»Die gleiche Frage habe ich mir schon vor drei Jahren gestellt, als wir hier eingezogen sind. Ich kann es dir nicht erklären, Louise. Ich kann dir nur sagen, dass ich nicht so lebe, wie ich es gern hätte, und dass ich nicht der bin, der ich zu sein scheine.«

Er reichte ihr den Käse, abweisender denn je. Der Ausblick auf eine Zweisamkeit mit Max schloss sich langsam.

Trotzdem ließ sich Louises Glück an jenem Abend durch nichts trüben. Max' Andeutungen und die Aussicht auf Céciles möglichen Zusammenbruch berührten sie nur oberflächlich.

»Ich hasse Zitate!« Cécile hielt sich wacker, aber ihre Sprache wurde immer schleppender, und ihre Augen starrten ins Leere. »Ich dosiere sie ganz genau. Ich will meine Studenten nicht mit solchen praktischen Vereinfachungen bedienen. Sie benutzen sie als Passepartout, das widert mich an. Zitate sind meistens Luxusklischees. Danach herrscht immer verlegenes Schweigen. Wie bei lustigen Geschichten. Man kann den Faden nicht wieder aufnehmen.«

»Vielleicht, weil sie nachdenklich machen«, sagte Eva, die noch größere Anstrengung als sonst zu unternehmen schien, sich aus ihrer Welt zu lösen und zu den anderen ins Licht zu kommen.

Manchmal starrte sie mit einer Anteilnahme auf ihr Glas oder ihre Gabel, als handle es sich um ein totes Kind.

Cécile verzog ablehnend das Gesicht, wie sie es sonst nur bei den Fragestunden im Hörsaal tat, und verstummte vorübergehend.

»Ich habe die Einladungen für den Kostümball rausgeschickt«, sagte Max.

»An wen?«, fragte Louise.

»An ein paar Freunde und das Filmteam.«

»Du hast Bréguet eingeladen?«, wunderte sich Raphael.

»Na klar. Bei einem Kostümball braucht man auch Schwachköpfe.«

Cécile nickte ein. Raphael und Max sahen sich an, sie mussten sie aufmuntern, bevor sie ganz einschlief. Max gab sein Bestes und erzählte, dass er am Nachmittag in einem Antiquariat auf einen Brief von van Gogh gestoßen war, in dem er über Degas sprach.

»Van Gogh entwickelt eine Theorie über das Sexualleben der Maler.« Max hatte ins Schwarze getroffen.

Cécile war sofort aus ihrer Betäubung aufgetaucht und hörte ihm interessiert zu. »Er sagt, ein Künstler mit zu häufigen Erektionen sei weniger produktiv. Er denkt, dass Degas, weil er wie ein Buchhalter lebte und nicht vögelte, seine ganze Manneskraft in die Malerei stecken konnte. Er sagt, dass Keuschheit stärke.«

Louise fiel auf, dass Raphael Max mit ungewohnter Eindringlichkeit anstarrte. Der Blick des lauernden Löwen, der sich auf seine Beute stürzen wird, dachte sie, und in absoluter Reglosigkeit auf den richtigen Moment wartet.

»Das verstehe ich«, sagte Cécile. »Dafür gibt es in der Literatur viele Beispiele. Konzentration ist wichtig.«

»Nein!« Max regte sich auf. »Das hat nichts mit Konzentration zu tun. Abstinenz ist ein Gift, das man sich selbst einflößt. Es multipliziert die Kraft, erzeugt Visionen und Halluzinationen. Trotzdem gibt es nichts Gefährlicheres, als nicht zu vögeln! Was meinst du, Raphael?« Ihr Blickwechsel ließ die drei Frauen erstarren. »Na gut, wir sollten uns allmählich auf den Weg machen«, sagte Max und schob seinen Stuhl zurück.

Er ertrug die Lichterketten am Weihnachtsbaum nicht mehr, die in seinem Blickfeld blinkten. Sie irritierten ihn seit dem Beginn des Essens, aber er hatte den Platz nicht wechseln wollen, um Erklärungen zu vermeiden.

»Gehen wir?«, fragte er Louise.

Sie sprang sofort auf und verriet damit allen am Tisch ihre Begeisterung.

In der Metro erklärte Max Louise, sie müsse immer an den schmutzigsten Stellen des Bahnsteigs warten, um dann genau vor einer Tür zu stehen. Wenn sie Musikanten vermeiden wolle, müsse sie eher in die ersten Wagen einsteigen. Max' Leben ist voller Tricks, um sein bedrohtes Dasein etwas zu erleichtern, dachte Louise.

Im Zug drehten sich die Gespräche um die verschneite Stadt. Die Begeisterung der ersten Tage war von lauten Klagen abgelöst worden. Die Natur übertrieb mal wieder, es war immer dasselbe.

Als Louise aus der Metro kam, flog ihr ein Staubkorn ins Auge, das zu tränen begann. Während sie ihr Lid rieb, fiel die Kontaktlinse in den Schnee.

»Scheiße!«, fluchte sie und bückte sich, um sie zu suchen.

Max machte das Display seines Telefons an, kniete sich in den Matsch und suchte die winzige bläuliche Plastikschale. Er verbot Louise, sich zu bewegen.

»Du trittst noch drauf!«, warnte er.

Mit unerträglicher Hartnäckigkeit durchsuchte er den Schnee, strich mit dem Lichtstrahl über jeden Millimeter rings um Louises reglose Füße. Sie konnte sich nicht entscheiden, ob sie seinen Eifer seltsam finden oder für ein gutes Omen halten sollte. Die Passanten sahen sie neugierig an.

»Lass sein«, sagte sie. »Wir kommen noch zu spät.«

In der Theatertoilette nahm sie auch die andere Linse aus dem Auge. Louise war seit ihrer Kindheit kurzsichtig und an Unschärfe gewöhnt. Sie würde den Abend im Nebel verbringen, es war nicht das erste Mal.

Damien Grandhomme hatte zwei sehr gute Plätze für sie reserviert. Max bestand darauf, am Rand der Reihe zu bleiben. Kaum hatten sie sich gesetzt, spürte Louise, wie nervös er war. Er zog den Mantel aus, faltete ihn zusammen, auseinander und wieder zusammen, damit er auf der Rückenlehne eine erträgliche Form annahm. Er entschuldigte sich, verschwand fünf Minuten, kam etwas ruhiger zurück. Das Publikum wurde gebeten, die Mobiltelefone auszustellen, dann wurde es still im Saal, und der Künstler betrat die Bühne. Damien ging zum Klavier und probierte, ebenso wie Max mit seinem Mantel, verschiedene Positionen auf seinem Hocker aus. Obwohl sie ihn leicht verschwommen wahrnahm, fand Louise, die ihn seit sechs Monaten nicht gesehen hatte, er habe sich verändert. Er ist noch dicker geworden oder eher aufgequollen, dachte sie. Die Haare trug er länger, und selbst der Smoking konnte die untypische Nachlässigkeit nicht verbergen. Er ließ die Finger über den Tasten schweben, warf den Kopf zurück und schüttelte sich mit geschlossenen Augen. Louise wurde von heftiger Wehmut gepackt. Sie hatten gemeinsam einen Teil ihrer Jugend damit verbracht zu leiden, und in ihrem Herzen blieben unauslöschliche Spuren, die sie manchmal überwältigten. Aber die Melancholie hielt nicht lange dem Ansturm anderer Erinnerungen stand, die erbärmlich und unwürdig waren, denn Damiens Nettigkeit war nicht echt, er war ehrgeizig, voll eisiger Verachtung, und verspritzte sein Gift, sobald sie allein waren. Louise fragte sich, ob sie auch schon zur großen Schar der Opfer gehörte, die er mit einem kurzen, scharfen Satz hinter ihrem Rücken erledigt hatte. Vielleicht rief er sie nur noch an, um sich zu vergewissern, dass sie in Projekten feststeckte, die nicht vorankamen. Endlich holten die *Goldberg-Variationen* sie zurück, und sie ließ sich von der meisterhaften Interpretation des Pianisten mitreißen.

Max strich sich wieder und wieder fieberhaft und methodisch mit der rechten Hand über den Schenkel. Am Beginn des Konzerts verhalfen ihm die vertrauten Melodien immer wieder dazu, seine Gedanken zu ordnen. Aber schon nach wenigen Minuten geriet alles ins Trudeln, bohrte sich jede Note wie eine Nadel in seinen Kopf. Er spürte Louises Unruhe, ihre verstohlenen Blicke. Was sah sie? Vielleicht nicht viel ohne ihre Linsen. Das Mädchen kannte ihn überhaupt nicht, aber es war verliebt, alles sprach dafür. Wie sollte er ihr sagen, dass er nichts für sie tun konnte, ohne ihr wehzutun? Ihr klarmachen, dass er verrückt war? Dass er oft sterben wollte? Nein, Frauen sind Krankenschwestern, die dich heilen wollen, indem sie dich in ihrem Kämmerchen einschließen, Mütter, die dich in ihren Bauch stopfen und darin ersticken lassen wollen. Man durfte ihnen nichts sagen. Sie musste gehen und Schluss.

Nach dem Konzert zog Louise Max hinter die Bühne. Damien war wie immer dicht umdrängt, winkte ihnen von weitem zu und ließ sie eine Weile schmoren. Endlich kam er zu ihnen und lud sie in seine Garderobe ein.

Dort holte er eine Flasche Champagner aus einem kleinen Kühlschrank und goss ihnen ein Glas ein. Louise stellte Max als Mitbewohner, Freund und Filmrequisiteur vor. Damien war sehr entspannt und hatte nur Augen für sie, gab sich aber nicht die geringste Mühe, Konversation zu machen, und Louise strampelte sich ab. Sie gratulierte ihm, sagte, sie habe sein Programm sehr ausgewogen gefunden. Jede Phrase war ihr recht. Max schaute sich inzwischen die Garderobe an und prägte sich jedes Detail der Ausstattung ein, um etwas davon vielleicht später bei einem Dreh nutzen zu können. Er ließ sich die Möglichkeit offen, Louise zu Hilfe zu kommen, wenn sich ihre Qualen hinzogen. Der Kerl war überheblich, hinterhältig und in der Position des Stärkeren, nur weil ihn das Publikum mehrmals zurück auf die Bühne gerufen hatte. Max verstand nicht, wie Louise diesen großen, faden Burschen hatte lieben können, der ganz leise sprach, um die anderen zum Zuhören zu zwingen. Damien Grandhomme zog die Show des großen, in sich ruhenden Künstlers ab, und sie schien es nicht zu bemerken. Da ihr selbst jeder Stolz abging, rechnete Louise ganz natürlich damit, geliebt zu werden, und war überzeugt, sie tue genau das, was nötig sei, um ein Anrecht darauf zu haben. Max stand auf und verkündete, er müsse gehen. Erst jetzt nahm Damien seine Anwesenheit zur Kenntnis. Er entschuldigte sich, ohne zu sagen wofür, und brachte sie zur Tür.

In der Metro saß Louise Max gegenüber und fragte ihn, was er von dem Pianisten halte. Er erwies sich als größerer Musikkenner, als sie vermutet hatte, und nahm Damiens Bachinterpretation auseinander, fand sie zu schnell, zu technisch und ohne Tiefe. Er verstand seinen Erfolg nicht. »Ein guter Schüler, der kein Risiko eingeht«, urteilte er. Louise schluckte die Kritik mit zusammengepressten Zähnen. Damiens Talent zu bewundern war immer die Grundlage ihrer Beziehung gewesen, wenn dieses Band riss, blieb nichts mehr übrig. Ohne Vorwarnung regte sie sich auf.

»Wer bist du eigentlich, dass du darüber urteilen kannst?«, fuhr sie ihn mit vorgestrecktem Kinn an.

»Jemand, der viel Bach gehört hat. Dein Damien wird nie ein Arrau oder Glenn Gould.«

Die Spannung, die Max während des ganzen Konzerts unterdrückt hatte, explodierte in winzigen, scharfen und funkelnden Splittern.

»Es gibt Platz für alle. Es gibt Genies und Talente.«

»Mag sein. Aber warum soll ich dem Talent applaudieren, wenn ich das Genie hören kann?«

»Die Genies sind tot, und Damien lebt.« Louise dachte an Rita, die sie nachahmte, um sie zum Leben zu erwecken. Wut rötete ihre Wangen. »Vielleicht ist es besser, den Mut zu haben, bescheiden die Nachfolge der Großen anzutreten, als Wasserkrüge und Barbiepuppen zu sammeln! Du bist eifersüchtig, Max«, stieß sie hervor.

Louise wandte den Blick ab, entsetzt über das, was sie gesagt hatte.

Max reagierte nicht und bot den Passanten vor dem Fenster die komplette Palette seiner momentanen Ticks.

»Entschuldige«, murmelte sie.

»Bevor ich etwas schlecht mache, lasse ich es lieber. Talent ist nur Arbeit und zu nichts gut. Damien ist zu gar nichts gut. Er wird keine Spur hinterlassen.«

Louise konnte nichts antworten. Dieser noch völlig neue Gedanke musste bedacht werden. Sie seufzte und lächelte wissend, setzte auf das Ungesagte, um das Gesicht zu wahren und ihre mangelnde Schlagfertigkeit zu kaschieren. Der Abend ist eh nicht mehr zu retten, dachte sie. Ihr war bewusst, wie wenig Zeit ihr blieb, um Max vor dem Auszug aus der Wohnung zu erobern. Der Countdown macht uns alle nervös, sagte sie sich, um Max' Aggressivität an etwas anderem festzumachen als an sich. Sie schwiegen die ganze Fahrt über, verloren sich in der Betrachtung der Fahrgäste und mieden den Blick des anderen.

10

Nachdem sich die Tür hinter Louise und Max geschlossen hatte, verließ auch Cécile Eva und Raphael, die sich tapfer der Stille und ihrer Vertraulichkeit stellten. Raphael räumte den Tisch ab, ging ein paar Mal zwischen Zimmer und Küche hin und her. Eva spazierte mit verschränkten Armen durch den Raum und überlegte.

»Wissen Sie, Raphael, ich lebe in einem brutalen und gewalttätigen Milieu, das die Kultur verachtet«, sagte sie seufzend. »In dieser Welt interessieren Kunstwerke niemanden mehr, sobald sie über die Schwelle des Museums getragen wurden und man sie nicht mehr kaufen kann. Bei Ihnen ist es anders, Sie lächeln beim Arbeiten. Doch, doch«, versicherte sie. »Ich sehe zu, wie Ihre Hände über das Holz streichen, es schleifen und lackieren. Die Hände erzählen uns Geschichten. Ist Ihnen aufgefallen, dass Louise ihre anders bewegt, je nachdem, was sie isst? Wenn ihr etwas besonders gut schmeckt, werden ihre Hände unruhig. Wenn Max liest, legt er eine Hand flach auf die Seite, die er nicht liest. Manchmal hält er inne und betrachtet sie wohlgefällig, als sei er glücklich, dass sie ihm gehört.«

»Vielleicht ist das auch der Moment, in dem sich seine Hände ausruhen.«

Sie wechselten einen tiefen, vertrauten Blick. Max' Ticks waren Monster, die die Ausgänge der Wohnung blockierten.

»Sind Sie vorangekommen?«, fragte sie und trat zu der Tischplatte über den Holzböcken.

Raphael nahm das Laken weg, das das Bild bedeckte.

»Oh!« Eva legte beide Hände vor den Mund. »Das ist unglaublich!«

Raphael hatte die dicke, schwarz gewordene Lackschicht entfernt und die Originalfarben hervortreten lassen. Die Szene, die vorher in Dämmerlicht getaucht schien, war es nun überhaupt nicht mehr. Die Frau ruhte in lasziver Pose unter einem blauen, mit kleinen Wattewölkchen übersäten Himmel.

»Sehen Sie, da in der Ecke sieht man den Schatten einer zweiten Gestalt. Die Frau ist nicht allein. Es ist nicht die Geschichte, die wir uns vorstellen. Oder es ist ein *Pentimento*.«

»*Pentimento*?«

»So nennt man die verborgenen Formen, die der Maler übermalt hat, von denen aber Spuren bleiben. Durch die Reinigung sind sie wieder aufgetaucht.«

Eva ging ganz nah an den dunklen Fleck am oberen rechten Bildrand heran.

»Was sehen Sie?«, fragte Raphael.

»Ich sehe die Gestalt eines Mannes. Und warum liegt der Schleier über dem Körper der Frau? Er ist so durchsichtig, dass er nichts verbirgt.«

»Stimmt, er wurde sicher nicht deshalb gemalt. Ich

weiß es nicht. Wenn Sie wollen, kann ich ihn verschwinden lassen. Aber auch die Retuschen sind interessant. Das sind die Zeichen der Zeit auf dem Werk. Man muss es nicht unbedingt als Verrat ansehen. Ich persönlich würde es lassen.«

»Dann lassen Sie es.«

Raphael zog seine Arbeit aus Angst in die Länge. Er hatte sich an Evas Anwesenheit in der Wohnung gewöhnt und fragte sich, wo sie war, wenn er sie nicht mehr sah. Wenn sie miteinander allein waren, fand sie zu ihrer beunruhigenden Seltsamkeit zurück.

»Ich würde gern etwas Luft schnappen«, sagte sie. »Begleiten Sie mich?«

»Es schneit immer noch«, sagte Raphael, als sie aus dem Haus traten. »Stört Sie das nicht?«

»Nein!« Sie lachte. »Ich bin in einem Land geboren, in dem es viel schneit, wissen Sie?«

Sie zog ihre Mütze bis zu den Augen und versteckte den unteren Teil des Gesichts in ihrem Schal.

»Fertig!«, rief sie mit einer kindlichen Lebhaftigkeit, die ihn überraschte.

Raphael half ihr, über ein von den Bäumen verstecktes Mäuerchen zu klettern, um unauffällig in den kleinen Park zu gelangen. Seit er wegen des Wetters geschlossen war, wurde er jeden Tag von einer neuen Schneeschicht bedeckt und war nicht wiederzuerkennen. Die Wege waren unauffindbar, auf den Hinweisschildern war nichts mehr zu lesen, und die einzigen Fußspuren waren winzige Dreizacke, die die Vögel hinterlassen hatten. Unter ihren weißen Epauletten waren die Äste noch schwärzer als sonst. Ringsum hatte alles innegehalten, und die Stille glich der in einer Kirche. Raphael schob den Schnee von einer Bank.

»Ihnen ist kalt«, sagte Eva und legte ihm den Kragen enger um den Hals. »Sie wissen nicht, wie man mit dem Winter umgeht.«

Sie schob den Rand ihrer Mütze hoch.

»Sie sind schön«, sagte Raphael.

»Das hat mir kein Glück gebracht. Außerdem lieben Sie keine Frauen, Raphael.«

Raphael erstarrte. Ohne ihn anzusehen, griff Eva nach seinem Arm, um ihn am Weglaufen zu hindern. Als sie spürte, dass er sich entspannte, streckte sie die Beine aus und legte den Kopf nach hinten, genauso, wie es Max einige Tage zuvor am selben Ort gemacht hatte.

»Sie haben mir erzählt, Sie wären zu uns gekommen, weil Sie nicht wussten, wohin. Stimmt das?«

»Ja und nein.«

»Ich habe nie allein gelebt. Und ich würde gar nicht auf die Idee kommen.«

»Ich weiß auch nicht, was es heißt, allein zu leben. Glauben Sie, wir sind deshalb besonders empfindlich?«

»Ja. Cécile zum Beispiel ist viel stärker als wir.«

»Sie kann trinken, ohne gesehen zu werden, und zu sich selbst alles sagen, was sie sagen will, ohne dass man ihr widerspricht. Finden Sie das besser? Was würden Sie tun, wenn Sie allein leben müssten?«

»Nichts anderes, glaube ich. Und Sie?«

»Ich würde splitternackt singend von Zimmer zu Zimmer spazieren. Ich würde nachts leben und dick werden.« Eva lachte, dann wurde sie wieder ernst und drehte das Gesicht zu Raphael. »Geben Sie mir die

Hand. Sie wissen, dass Schweigen ein Gift ist, Raphael. Wir beide gehen daran zugrunde. Und wissen Sie, weshalb wir schweigen? Weil wir unfähig wären, uns zu rechtfertigen, wenn man uns fragen würde, warum wir so leben, wie wir leben. Um nicht darauf antworten zu müssen, schweigen wir. Ich kenne das Leben kaum besser als Sie, aber ich weiß, wer Sie sind, weil wir gleich sind. Ich habe mich dem Geld unterworfen. Ich habe schlimme Gewohnheiten angenommen und fürchte mich vor allem. Das ist unverzeihlich, und ich werde mich selbst erst an dem Tag wieder ertragen, wo ich mich davon befreie. Und Sie, wovon müssen Sie sich befreien?«

Raphael drückte Evas Hand und holte tief Luft.

»Max hat einmal versucht, mich zu töten. Soll ich es Ihnen erzählen? Sie können noch nein sagen.«

»Erzählen Sie.«

»Wir waren in den Ferien am Meer. Die Valettes hatten uns allein in der Wohnung gelassen. Sie ließen uns oft allein. Sie dachten, weil wir zu zweit waren, könnte uns nichts passieren.« Raphael stieß ein verächtliches Lachen aus. »Wir schauten vom Balkon auf das Meer. Max stellte sich hinter mich und verbot mir, mich umzudrehen. Ich dachte an ein neues Spiel, dessen Regeln er wie immer für sich behielt. Er packte mich an der Taille, mit dieser Kraft, die er manchmal besitzt, wissen Sie? Er drückte mich an die Brüstung und hob mich hoch. Er würde mich aus dem dritten Stock werfen, aber ich hatte keine Angst. Ich bedauerte nur, nicht ein letztes Mal sein Gesicht zu sehen, bevor ich starb. Die Hanni-Bannis kamen gerade rechtzeitig, bevor ich ins Leere kippte. Sie haben nichts gesehen und mir das Leben gerettet, indem sie im richtigen Moment nach Hause kamen.«

»Warum hat Max das gemacht?«

»Ein Versuch, sich zu beruhigen.«

»Und Sie hätten es zugelassen?«

»Ja.«

»Sie lieben Max, nicht wahr?«

Raphael schloss die Augen.

»Ich würde gern auf dieser Bank einschlafen, neben Ihnen.«

Er stellte sich vor, wie er mit Eva unter einer Daunendecke aus Schnee begraben wäre. Am Winterende, überlegte er sich, würde man sie Hand in Hand und steif wie Statuen wiederfinden, ihre Seelenängste erstarrt in ihren erloschenen Blicken.

Raphael und Eva lauschten einen Moment lang der Stille in dem bläulich funkelnden Park.

»Louise liebt Max«, setzte er wieder an. »Sie lieben Max. Cécile liebt Max. Alle lieben Max. Und ich auch, ich liebe ihn auch. Von früh bis spät schreit er lautlos. Er macht verzweifelte Grimassen für uns, und niemand macht etwas für ihn.«

Eva spürte Raphaels Not. Sie hatte die Schleusen geöffnet und ärgerte sich sehr über sich. Sie schlug ihm erneut vor, ins Haus zu gehen. Er lehnte entschlossen ab.

»Ich muss Ihnen noch etwas sagen. Ich habe es noch niemandem gesagt, und ich weiß nicht, ob ich es schaffe.«

»Warum wollen Sie es mir dann sagen?«

»Weil ich es hören muss. Verstehen Sie?«

»Ich glaube schon.«

»Max war immer sehr nervös«, sagte er. »Er redete ununterbrochen und schrie alle an. Wenn die Vallettes nachgaben, beruhigte er sich für ein paar Stunden, aber nur eines beruhigte ihn wirklich.« Raphael hatte Mühe zu sprechen, ein Schwimmer gegen den Strom. »Eine einzige Sache beruhigte ihn, wenn er ausrastete. Max litt, und ich musste ihm helfen, verstehen Sie? Wir hatten ein geheimes Spiel. Ich bat ihn, sich mitten ins Zimmer zu stellen und sich nicht zu bewegen.« Raphael schaute Eva mit einer Eindringlichkeit an, die sie ängstigte. Er zitterte vor Kälte, sein Rücken bäumte sich über den Erinnerungen auf. »Eva, wir haben es jahrelang gemacht. Max stand da und schloss die Augen. Ich zog ihn langsam aus und streichelte ihn. Ich spürte, wie sich sein Körper allmählich entspannte. Er ließ es geschehen. Ich schwöre Ihnen, dass er es geschehen ließ. Und eines Tages wollte er nicht mehr.«

Eva packte Raphael im letzten Moment, bevor er mit dem Kopf zuerst in den Schnee fiel. Sie drückte den Reglosen an sich, wartete, bis er zu sich kam, und half ihm aufzustehen. Er ließ sich zur Wohnung führen. Eva überließ ihm das Zimmer und legte ihn in sein Bett, wo er sofort einschlief.

Sie ging ins Wohnzimmer, klappte das Sofa auf und schaltete die Lichterketten aus. Als sie auf dem Bett lag, dachte sie über Raphaels berührendes Geständnis nach. Eva konnte sich nur schwer vorstellen, dass die Vergangenheit ein so gefährlicher und unüberwindbarer Feind war, denn ihr Gedächtnis war ein unerschöpflicher Quell glücklicher Wehmut. Ihre Erinnerungen waren keineswegs idyllisch, aber immer erträglich und ohne Bitterkeit. Sie ließen sich ohne Widerwillen heraufbeschwören und zeigten ihr nie besonders auffällige Bilder. Wenn alles schlecht lief, brauchte sie nur die Augen zu schließen, um ihre wunderbaren Eltern, den Inarisee und die himmelhohen Kiefern zu sehen. Trotzdem fragte sich Eva oft, ob ihr die glückliche Kindheit nicht auch etwas vorenthalten hatte. Quälende Erinnerungen verliehen den anderen eine dramatische Dimension, machten sie fantastisch komplex und anziehend. Sie hatte auch ihr Maß an unaussprechlichen Geheimnissen, die aber hatte sie später erlebt, erwachsen und im Einvernehmen mit anderen Erwachsenen, deren Zynismus und Wahnsinn sie geteilt hatte. Raphael und Max hatten in aller Unschuld verbotene Spiele erfunden, die erst durch die Zeit unerträglich geworden waren. Raphael war der eifersüchtige Hüter des verlassenen Tempels ihrer Kindheit. Die Aussicht auf den Umzug und das Grauen bei der Vorstellung, verlassen zu werden, belebten seine Sorge, seine geschlossene Welt verschwinden zu sehen, die er für das einzig mögliche Glück hielt. Eva schauderte. Sie fragte sich, welche Rolle sie in dieser Ruinenkulisse spielen sollte, und kroch angezogen unter die Decke. Verloren und verzagt fragte sie sich, ob nicht alles zu schwer für sie wurde und vielleicht der Moment gekommen war, zu ihrem Mann zurückzukehren.

Eva konnte nicht einschlafen, war wie verseucht von einer Folge aufwühlender Bilder. Max und Raphael in ihrem Zimmer, ihre eigenen Kinder, die sich vielleicht zweideutigen Spielen hingaben, Max' bedrohliches Gesicht hinter Raphael auf dem Balkon. Nach einer guten Stunde großer Unruhe gelang ihr endlich der Sprung vom Felsen des Halbschlafes, und sie empfand auf dem Weg in das Nichts plötzlich unwiderstehliches Wohlbehagen.

Eva erwachte mitten in der Nacht und mitten in einem Traum, in dem ihr jüngster Sohn sie »Madame« nannte. Sie drehte sich auf dem Sofa um und stellte fest, dass Max neben ihr lag und ihr den Rücken zuwandte.

»Ich habe dich geweckt, Raphael«, flüsterte er. »Tut mir leid. Ich bin ziemlich blau. Scheiße! Das schaukelt vielleicht!« Max lachte. »Wir sind auf einem Floß. Schläfst du?«

Stille breitete sich im Zimmer aus. Eva wusste nicht, was sie tun sollte, und tat nichts, sondern drückte sich reglos an den Bettrand.

»Es schaukelt zu sehr, ich kann nicht schlafen. Hast du Lust zu spielen, Raphael?«

Eva spürte, wie etwas über das Laken kratzte, eine Hand oder ein Fuß von Max, der die Orientierung verlor.

»Gut, ich fange an!«, verkündete Max fröhlich, ohne eine Antwort zu erwarten. »Das ist leicht, du errätst es sofort. Als Erstes eine blaue Schale, blaue Schalen und ein Schwarm Schmetterlinge. Jetzt bist du dran.« Er gähnte und schniefte. »Du schläfst nicht, Raphael, ich weiß es. Na gut, dann mache ich eben ohne dich weiter. Als Zweites bucklige Skelette und ein Dahlienbeet.« Max lachte leise. »Ich helfe dir. Jetzt kriegst du es sofort raus. Als Drittes Platanen mit weißen Armen und schmutzige Statuen, die Drecktränen weinen. Ich glaube, die Sonne scheint. Es ist Sommer, wegen der Dahlien. Viertens zerfetzte Quallen.« Max regte sich auf, wurde immer lauter. »Raphael, das ist einfach, Herrgott! Sie hatten uns verloren. Erinnere dich gefälligst, du hast für mich die aufgespießten Schmetterlinge gezählt, weil es dir Angst machte, wenn ich zählte.« Max stöhnte lange und schmerzerfüllt. »Raphael, ich krepiere noch daran!«, schrie er auf. »Ich komm da nie mehr raus! Was nützt es mir, in der Metro die Leute zu zählen? Was nützt es mir, jeden Tag erneut die Stufen unserer Treppe zu zählen? Ich kann nicht mal mehr ein Konzert bis zum Ende hören, ich ersticke die ganze Zeit.« Max seufzte. »Findest du nicht?«, flüsterte er dann. Die Verzweiflung in seiner Stimme verstörte Eva. »Bevor ich hochgekommen bin, war ich im Park. Auf deiner Bank war kein Schnee. Kein bisschen. Du warst mit Eva da, stimmt's? Weißt du was? Sie ist mit dem Schnee gekommen und wird mit dem Schnee wieder gehen. Hast du es nicht erraten?«, fragte er nach kurzem Schweigen. »Das war im Jardin des Plantes. Du vergisst alles, Raphael. Gute Nacht. Halt mich fest, wenn ich runterfalle.«

Eva hielt den Atem an, panikerfüllte Mumie am Rande des Abgrunds. Raphael war der Tempelhüter, aber Max war der Priester, und mit Erstaunen wurde ihr klar, dass er nicht bereit war, diesen Tempel zu verlassen. Er war ein junger Gott, wollte wie die Menschen leben und dennoch seine Privilegien behalten. In der Stille der Nacht fasste sie einen Entschluss. Raphael hatte ihr geholfen, nun würde sie ihm helfen.

Sie blieb wachsam, schlief immer nur ein paar Minuten, überzeugte sich ständig, dass Max ihr immer noch den Rücken zuwandte. Als es dämmerte, stand sie lautlos auf, zog Raphael aus seinem Bett, schob ihn wie einen fügsamen Schlafwandler ins Wohnzimmer und legte ihn neben seinen Cousin. Außerstande, unter der nach Raphaels Ambraparfüm riechenden Decke wieder einzuschlafen, nahm sie den Faden ihres zweiten Lebens auf, das sie seit fünfzehn Jahren jeden Abend neu erfand und um herrliche Details und neue Kapitel ergänzte. Dort, in einer Dimension, in der das Bedauern leicht zu tragen war, hatte Eva nicht mit zweiundzwanzig das Flugzeug nach Frankreich genommen. Sie war in Finnland geblieben und hatte Jeremias Nummi geheiratet, ihre erste Liebe. Sie hatte in Helsinki ein Künstlerleben geführt, war ohne Geld und ohne Kinder durch die Welt gereist. Der Hintergrund änderte sich ständig, inspiriert von den großartigen Landschaften ihrer Kindheit, die, wie der Saft durch einen Baum, mit heilender Kraft durch ihre Adern flossen. Aber an diesem Morgen klangen die Dialoge falsch, und zum ersten Mal fand sich Eva nicht mehr mit ihrer Unwirklichkeit ab. Sie dachte an Cécile, die sie einschüchterte. Sie belastete sich bestimmt nicht mit einem nächtlichen Ersatzleben, und niemand hatte die Macht, sie in eine Salzsäule zu verwandeln.

Gegen neun Uhr fand der Makler mit seinem Trio Eva in ihrem Bett sitzend, wo sie den zweiten Band ihrer finnischen Saga auslas.

II

»Verfluchter Schnee!«, rief Marie-Ange, als sie Louise, Cécile und Eva ihre Moonboots auf der Fußmatte abtreten sah.

»Sie sollten sie besser ausziehen«, riet ihnen Françoise.

Das war ein Befehl, den sie prompt ausführten.

»Stören wir Sie auch nicht?«, fragte Cécile heuchlerisch und jetzt schon genervt.

Sie hatte absagen wollen, dann aber Louises Drängen nachgegeben. Die Valette-Schwestern ließen sie im Salon allein, um Tee zu kochen. Sie hatten einen Englischen Kuchen für Cécile gekauft, die sie beeindrucken wollten, und einen teuren Darjeeling für Eva, deren Schwäche für Luxus ihnen nicht entgangen war.

In ihrer finnischen Heimat hatte Eva ebenso wie in Paris immer nur Wohnungen gekannt, die in ihrer Abwesenheit von anderen eingerichtet worden waren. Im Salon der Valette-Schwestern fand sie die Neigung zu stickiger Luft und vollgestopften Räumen wieder, die sie schon bei deren Söhnen beeindruckt hatte. Im Salon neben dem Atelier waren die Sofas mit Stoffen bedeckt, die unter anderen Stoffen und Kissen begraben wurden, die wiederum halb unter Decken verschwanden. Identische Motive kletterten von den Teppichen in komplizierten Zierstreifen die Wände hinauf. Die Tischbeine glichen den verschlungenen Intarsien auf den Schubladen alter Kommoden. Die Augen wanderten an den Zierleisten der Bilderrahmen entlang, die Rötelzeichnungen einfassten, und blieben schließlich an den Kristallen eines viel zu großen Lüsters hängen. Rot und Gold beherrschten den Raum. An diesem unglaublichen Ort, wo die Disharmonie einer eigenen Logik folgte, fiel es schwer, einen Halt zu finden. Die Angst vor Harmonie, dem Schlüsselwort aus Evas Welt, wo man es mit gutem Geschmack verband, schien bei den Valettes ein anderes Gleichgewicht hervorgebracht zu haben, wo das Hässliche das Schöne und das Besondere das Hässliche verdrängte.

Die Valette-Schwestern drehten den Fernseher leiser. Cécile ärgerte sich, dass sie sich nicht die Mühe machten, ihn auszustellen. Der Fernseher ist ihr Ersatz für eine schnurrende Katze und ein Kaminfeuer in der erstickenden Wärme des Salons, dachte sie voller Verachtung.

In ihren eigenen vier Wänden und ohne ihre Söhne waren Marie-Ange und Françoise deutlich entspannter. Sie sind nicht im Dienst, stellte Cécile fest, konnte sie aber trotzdem nicht leiden. Der Verkauf der Wohnung war der letzte Tropfen gewesen.

»Louise, das ist für Sie!«, sagte Françoise und entfernte die Hülle von einem violetten Etuikleid aus glänzendem Satin.

»Wie schön!«, rief die Angesprochene und zog sich eilig aus.

Cécile wandte den Kopf ab. Die neue Schamlosigkeit der Mädchen war ihr unerträglich. Besonders schockierten sie die Studentinnen, die sich im Hörsaal nicht einmal mehr die Mühe machten, mit geschlossenen Beinen dazusitzen, wenn sie einen Rock trugen. Eva schien das normal zu finden, und Cécile fiel ein, dass die Nordvölker alle mehr oder weniger Nudisten waren.

Louise spürte, wie sich eine zweite eiskalte und seidige Haut über ihre eigene legte. Françoise schloss den Reißverschluss am Rücken. Das Kleid umgab sie wie ein Schraubstock.

»Wie angegossen!«, schrie Marie-Ange. »Wie angegossen!«

»Lana Turner in all ihrer Pracht!«, ergänzte ihre Schwester und applaudierte.

Dann holte sie eine große Emaillebrosche aus einer Schatulle, eine Giftblume, die sie über Louises rechter Brust an das Kleid steckte.

Nicht ohne Sorge wartete Cécile darauf, an die Reihe zu kommen.

»Nun zu uns!«, sagte Marie-Ange, ebenfalls etwas verkrampft. »Max hat uns gesagt, dass Sie ein Kostüm im Stil der Goldenen Zwanziger haben wollen.«

Françoise reichte ihr ein herrliches Kleid aus blassblauer Seide. Cécile war begeistert, zeigte es jedoch nicht. Sie fragte, wo sie sich umziehen könne, und Marie-Ange führte sie in ihr Schlafzimmer.

Als Cécile allein war, musste sie lachen. Marie-Ange

Valette schlief wie die Prinzessin auf der Erbse in einem Himmelbett, das mit einer Mantilla mit Fransen und Sevillanischen Stickereien bedeckt war. Die luxuriöse Auslegware mit Laubmotiven, dick wie ein echter Teppich, schien geradewegs aus einem Londoner Hotel zu kommen. Gegenüber dem Bett war auf eine Wand im Renaissancestil ein Trompe-l'œil gemalt, das eine toskanische Landschaft mit Zypressen darstellte, wahrscheinlich ein Raphael.

Während sie unendlich vorsichtig das Kleid anzog, entdeckte sie auf einer Kommode ein Schwarzweißfoto in einem Silberrahmen. Die vollständig versammelten Valettes standen in Urlaubskluft nebeneinander vor einem Natursteinmäuerchen und lächelten ins Objektiv. Cécile hatte nie ein Foto der Väter von Max und Raphael gesehen. Sie kannte nicht mal ihre Vornamen. Max lehnte an den Beinen des einen, Raphael hielt die Hand des anderen. Die Männer mochten das Alter haben, in dem ihre Söhne heute waren. Cécile nahm das Foto in die Hand, setzte sich unter den Baldachin und sah es genau an. Plötzlich öffnete sich der Vorhang vor einem ganzen Lebensabschnitt der Valettes, es war wie ein zufällig aufgedecktes Familiengeheimnis. Viele Fragen tauchten auf, die sie sich nie gestellt hatte. Was hatte der Verlust ihrer Väter für die beiden bedeutet? Wie hatten sie diese schreckliche Laune des Schicksals erlebt? Wie hatten ihre Mütter sie getröstet? Die beiden Männer waren so schön wie ihre Söhne und sahen ihnen sehr ähnlich. Bestürzt wurde ihr bewusst, dass Max und Raphael seit Jahren mit einem Loch im Herzen lebten, einer unmöglich zu füllenden Leere, die den Lauf ihrer Leben verändert hatte. Sie fragte sich, ob sie vor dem Unfall wohl fröhlich und unbekümmert gewesen waren. Sprachen sie miteinander darüber? Welche Erinnerungen hatten sie an ihre Väter? Sie mussten noch Gerüche, Stimmen und Liebkosungen bewahren. Cécile dachte an ihren eigenen Vater, den sie mit dreißig verloren hatte und an den sie sich mit unendlicher Sehnsucht erinnerte. Sie sagte sich, dass Max und Raphael von den guten Toten verlassen und den bösen Lebenden ausgeliefert worden waren. Doch als sie leise die Tür schloss, war ihr bewusst, dass sie im Grunde überhaupt nichts wusste.

Im Salon sollte sich Cécile dreimal, viermal drehen. Sie ließ sich darauf ein, legte die Arme an den Körper, um seine Schlaffheit zu überspielen, und lief auf Zehenspitzen, damit ihre Knöchel zarter wirkten. Die Blicke auf ihre Rundungen machten sie verlegen, und ihr wurde bewusst, seit wie vielen Jahren niemand sie nackt gesehen hatte. Das war eine Entscheidung, die sie bewusst getroffen hatte, doch nun sprang diese Einsicht sie an wie ein Skandal. Eines Tages hatte Cécile beschlossen, dass sie wegen dieses alternden Körpers, den sie aus Stolz vor fremden Augen verbarg, nicht mehr lieben und nicht mehr geliebt werden konnte. Das war ein entsetzliches Verdikt, und sie hätte es übertreten können, wenn sie gewollt hätte, aber sie war außerstande, weil sie niemandem vertraute und von vornherein allen anderen die Härte unterstellte, die sie sich selbst auferlegte.

Während sie mitten im Salon stand, festgehalten von den Valettes, die sie vom Träger bis zum Saum mit

Stecknadeln spickten, dachte sie an Charles Danglars. Er hatte sie ein paar Stunden zuvor angerufen, und sie hatten lange telefoniert. Als sie feststellten, dass sie fast Nachbarn waren, hatte er sie zum Abendessen eingeladen. Lachend, als sei das Leben ganz einfach. Die mangelnde Selbstsicherheit, die sie hinter seiner Großmäuligkeit spürte, ein gelegentliches Zögern oder Verstummen, hatten für ihn gesprochen, und Cécile hatte zugesagt, ihn nach der Rückkehr aus London zu besuchen. Nun, vor dem großen Spiegel, fragte sie sich, ob es richtig war, seine Einladung anzunehmen.

»So wird es gehen«, sagte Marie-Ange und ließ Cécile los.

»Was ist das für eine Schatulle?«, fragte Eva, die wie eine Schaulustige auf dem Flohmarkt durch das Zimmer spazierte.

»Das ist die Replik einer *Boîte à mouches* aus dem 18. Jahrhundert, die wir nach einer Filmproduktion behalten haben.«

»Darf ich?«, fragte sie und öffnete sie vorsichtig.

»Natürlich«, sagte Françoise.

Eva holte kleine schwarze Kreise aus der Schatulle.

»Ich dachte, Schönheitspflästerchen wurden auf das Gesicht gemalt.«

»Nein. Mit diesen kleinen, *mouches* genannten Pflastern aus Taft, Musseline oder Samt wurden Hautunreinheiten bedeckt. Später ging man dazu über, sie sich überall hinzukleben, Unreinheiten hin oder her. Manche trugen bis zu zehn auf einmal! Sogar die Männer übernahmen diese Unsitte.«

»Wie lustig!«, rief Louise. »Darf ich eins nehmen?«

Françoise brachte ihr einen feuchten Schwamm, um es anzukleben.

Eva, Louise und Cécile, die sich wieder umgezogen hatte, stellten sich nebeneinander vor den großen Spiegel im Salon.

Sie klebten hier und da Pflästerchen in ihre Gesichter, wie winzige Etiketten.

»Sehen Sie sich vor!« Marie-Ange lachte. »Die *mouches* hatten eine eigene Sprache.« Sie ging zu Eva und strich mit dem Finger über das, was sie auf ihre Stirn geklebt hatte. »Die Majestätische!«, sagte sie.

»Und hier?«, fragte Eva und zeigte auf den winzigen Punkt auf ihrer Unterlippe.

»Das zeigt, dass Sie ein Geheimnis bewahren können.«

Eva schenkte Marie-Ange einen Blick, der diese überraschte.

»Habe ich Sie schockiert?«, fragte sie.

»Nein, nein«, antwortete Eva nachdenklich und wandte sich vom Spiegel ab.

»Und bei mir?«, fragte Louise.

»Dicht am Auge. Damit erklären Sie der Welt, dass Sie leidenschaftlich sind.«

»Und Cécile?«

»Zeigen Sie mal. Mmm«, machte Marie-Ange. »Das Pflaster unten auf der Wange ist ein Zeichen dafür, dass Sie verheiratet sind.«

»Aha!«, sagte Cécile unbekümmert, »das ist witzig.«

»Eva hat noch kein Kostüm«, bemerkte Louise, die sich in dem Frauengemach so wohlfühlte wie ein Fisch im Wasser.

»Wir wussten nicht, dass Sie auch kommen würden«, entschuldigte sich Françoise.

Cécile fiel auf, dass die Valettes der Milliardärsgattin mit einem gewissen Snobismus begegneten, den sie wohl mit ihr zu teilen meinten und dessen Lächerlichkeit der großbürgerlichen Eva gewiss nicht entging.

»Ich hätte gern ein Männerkostüm«, sagte sie.

»Ich sehe Sie eher als Schneekönigin«, sagte Louise. »In einem langen, mit Sternen besetztes Kleid, auf dem Kopf ein Diadem und ein silbernes Zepter in der Hand.«

»Ich stelle Sie mir eher als Astronautin vor, die soeben ihr Raumschiff verlässt«, sagte Cécile mit bemühter Leichtigkeit.

Françoise sah sie als Präraffaelitin und Marie-Ange eher mittelalterlich.

»Nein. Ein Männeranzug wäre perfekt«, sagte Eva lächelnd und entschlossen.

Marie-Ange und Françoise berieten sich kurz, verschwanden ein paar Minuten und kamen mit mehreren Kleidungsstücken zurück, die sorgsam geglättet über ihren Armen hingen.

Nun entdeckte Eva das Himmelbett und das Familienfoto. Da sie noch weniger über das Leben von Max und Raphael wusste als Cécile, stellte sie nur fest, dass ihre Väter schön gewesen waren. Wie Cécile dachte sie an ihren eigenen Vater, dessen Tod in fortgeschrittenem Alter für sie dem Lauf des Lebens entsprochen hatte. Erschreckt hatte sie nur der Gedanke an den Tod im Allgemeinen, mit dem sie vorher nie konfrontiert gewesen war, eine heimtückische Erinnerung an die ewige Abwesenheit, die der anderen und die eigene.

Die Valette-Schwestern bewunderten Evas perfekte androgyne Gestalt.

»Montesquiou ohne Schnauzbart!« Françoise lachte und klatschte in die Hände. »Fehlen nur noch der Stock und die Ziegenlederhandschuhe. Der perfekte Dandy! Dann hätten wir's. Bist du zufrieden, Marie-Ange?«

Sie bestanden darauf, dass ihre Gäste den Kuchen aßen, bevor sie gingen. Als sie gerade aufstehen wollten, schrie Louise überrascht auf, weil sie das Gesicht von Evas Ehemann auf dem Bildschirm sah. Der Ton war so leise gedreht, dass man den Kommentar des Journalisten zu den Bildern in den Kurznachrichten nicht hören konnte. Man sah den Geschäftsmann vor der schmiedeeisernen Tür eines großbürgerlichen Hauses mit einer Horde Journalisten sprechen, die sich um ihn drängten. Eva, die sich im Hintergrund hielt, erkannte ihren Anwalt und ihre Leibwächter. Sie wandte den Kopf ab. Françoise griff nach der Fernbedienung und schaltete den Fernseher endlich aus.

Die brutale Rückkehr der Wirklichkeit in dieses Atelier ließ alle in derselben stummen Andacht verharren. Die Leichtigkeit des Nachmittags war zunichtegemacht, sie standen gleichzeitig auf, irgendwie verschämt und unbehaglich. Zum ersten Mal verschonten Marie-Ange und Françoise Cécile mit der demonstrativen Kälte, die sie ihr seit drei Jahren entgegenbrachten. Sie umarmten sie ebenso herzlich wie die anderen beiden.

Als die drei Frauen das Haus verließen, atmeten sie

gierig die eisige Luft und beschlossen, zu Fuß nach Hause zu gehen. Eva war in Gedanken versunken und folgte in einigem Abstand. Louise fiel ein, dass Cécile am nächsten Tag nach London fliegen wollte, sie stellte ihr Fragen, die Cécile äußerst knapp beantwortete. So verschwieg sie das Schlimmste über ihre demente Mutter und ihren Bruder, der Kriminalromane schrieb und gemein, schlecht erzogen und pervers war.

»Zwei Tage!«, sagte sie entschlossen, als wollte Louise sie an der Rückkehr hindern. »Keine Minute länger.«

Dann fragte sie Louise nach ihren Plänen zum Jahresende, aber Louise blieb sehr vage.

»Die Valettes haben komische Traditionen«, sagte Cécile. »Sie feiern Weihnachten nie zusammen. Eine dunkle Geschichte, die wohl zehn Jahre zurückliegt. Ich habe nicht rausgekriegt, was dahintersteckt. Wollen Sie sehen, was Max macht, wenn alle anderen schlafen?«, fragte sie kurz darauf lachend.

Cécile zeigte mit dem Finger auf ein riesiges Graffito, das fast vollständig die Seitenwand eines Wohnhauses bedeckte, neben dem eine kleine Stadtvilla stand.

»O Gott!«, rief Louise. »Was soll das denn?«

Etwas Blutiges, das entfernt einem riesigen, an den Füßen aufgehängten Wildschwein ähnelte, präsentierte den Passanten ein gigantisches erigiertes Glied mit ebenso gigantischen Hoden.

»Das hat hier im Viertel für einiges Aufsehen gesorgt«, erzählte Cécile. »Max wurde verhaftet. Der Quartiersverein hat sich über die Zensur aufgeregt, deshalb bekam er nur eine Geldstrafe aufgebrummt.

Inzwischen ist es zur Sehenswürdigkeit geworden. Ich sehe ständig Leute, die es fotografieren.«

»Sehr eigen!«, urteilte Louise entsetzt.

Widerlich und spektakulär, dachte sie, das Bild eines Verrückten, der sein Handwerk versteht. Sie war verwirrt und desorientiert, ließ Eva und Cécile vorgehen, um Max' Werk in Ruhe zu betrachten. In ihrer Fassungslosigkeit fragte sie sich, ob in dieser seltsamen Stadt vielleicht auch im Bett Riten praktiziert wurden, von denen sie nichts ahnte. Ihre Begleiterinnen wirkten nicht besonders schockiert von diesem abstoßenden Untier. Sie starrte auf sein Geschlecht und fragte sich, warum Max das Bedürfnis verspürt hatte, es so hervorzuheben. Wollte er damit auch wieder erschüttern, irritieren, reizen, wie er es täglich mit seiner Umgebung machte? Sie hätte viel dafür gegeben zu wissen, wie es sich anfühlte, eine Nacht mit ihm zu verbringen. Verlor er seine Ticks in den Momenten, wo man alles verliert? War er egoistisch oder zuvorkommend? Man weiß nie, wie die Leute beim Sex sind, sagte sie sich. Das ist das banalste und am besten gehütete Geheimnis, eins der wenigen Dinge, die man nur weiß, wenn man sie erlebt. Sie war völlig durcheinander und beeilte sich, Cécile und Eva einzuholen. Während sie den beiden von hinten näher kam, überfiel sie heftige Rührung. Mit ihren von der Kälte gekrümmten Rücken kamen sie ihr so zerbrechlich vor wie Porzellanpuppen.

Louise war nicht begeistert, Damien in der Wohnung anzutreffen.

»Deine Mutter hat mir die Adresse gegeben«, sagte er ziemlich unsicher.

Max lächelte, als er sie ansah. Er genoss die Situation, die Louise furchtbar reizte.

»Raphael sitzt auf seiner Bank«, sagte sie in der Hoffnung, Max werde die Botschaft verstehen. Sie ertrug es nicht, mit den beiden Männern in einem Zimmer zu sein. »Willst du ihn nicht holen?«, fragte sie dann ganz direkt.

»Nein, warum? Er macht, was er will. Ich habe Damien eingeladen, zum Essen zu bleiben.«

»Auf keinen Fall«, fauchte Louise. »Zieh den Mantel an, Damien, wir gehen.«

Damien gehorchte, wie er es immer getan hatte, und verließ die Wohnung, ohne sich umzudrehen und sich um Max zu kümmern, der ihm völlig gleichgültig war.

12

Am nächsten Vormittag kam Cécile, den Koffer schon im Fahrstuhl, um sich zu verabschieden. Sie hatte es eilig und wollte nicht mehr hereinkommen. Raphael und Max fanden, dass sie unter ihrem dick aufgetragenen Make-up schlecht aussah. Ihr Besuch beim Figaro des Viertels hatte ihrer Mähne nicht den gewohnten Halt gegeben. Hinter dem Pfefferminzbonbon roch man den Gin.

»Ich komme übermorgen zurück«, verkündete sie mit ungewohntem Ernst.

Ihre Reise macht sie so fertig, dass sie schon bei der Ankunft in London von ihren Befürchtungen erledigt sein wird, dachte Max.

»Sind Louise und Eva nicht da?«

Max zog zwei furchtbare Grimassen.

»Louise ist gestern Abend mit ihrem Pianistenfreund ausgegangen und nicht nach Hause gekommen. Eva ist in ihrem Zimmer.«

Cécile nahm es zur Kenntnis. Sie fand das alles seltsam, sagte aber nichts dazu.

»Ich muss los. Mein Taxi steht unten.«

»Fröhliche Weihnachten, Cécile«, flüsterte Max ihr ins Ohr.

Die Fahrstuhltür schloss sich, und Cécile unterdrückte beim Anblick ihres Spiegelbilds im hässlichen Neonlicht einen Entsetzensschrei. Sie sah ein abgewracktes Gesicht, angemalt wie für die Bühne und innerlich schon halbtot. Wenn Cécile mehrere Tage hintereinander zu viel trank, verdüsterte der Alkohol ihre Laune, das kannte sie schon. Sie wandte ihrem Double, dessen Anblick sie nicht mehr ertrug, den Rücken zu und dachte voller Hass an Charles Danglars, der versucht hatte, eine Vogelscheuche zu verführen. Wir altern mit einem Schlag, flüsterte sie, als sie die Haustür öffnete, wir verlieren, was uns an Jugend geblieben ist, und ahmen die Alten nach, um in ihre Reihen aufgenommen zu werden.

Aus dem Taxi sah sie Louise zum Haus rennen.

Nach Céciles Entsetzen spiegelte sich Louises Panik im Fahrstuhlspiegel. In ihren Gesichtszügen waren die innersten Regungen zu lesen und erzählten ihre Geschichte bis ins letzte Detail. Wort für Wort ließ sich ihre bewegte Nacht von den durch Damiens Bart geröteten Wangen ablesen. Die zwei, drei Stunden Schlaf hatten ihren Teint verdunkelt und ihre Augenringe vertieft. Die aufgesprungenen Lippen und der zerzauste Pony ließen sie aussehen, als ob sie Schlimmes erlebt hätte.

Schon in der Diele spürte sie, dass etwas nicht stimmte. Aufbruchsstimmung herrschte in der Wohnung, offene Taschen standen im Wohnzimmer und waren mit zusammengerollten Kleidungsstücken vollgestopft. Niemand wunderte sich über ihr Aussehen. Sie blieb mitten im Zimmer stehen, wo sie störte wie ein Möbelstück.

»Was ist denn hier los?«

»Eva hat an der Ecke das Auto ihres Mannes gesehen.« Max sprach gereizt wie ein Spieler, der eine Partie begonnen hat, in die jemand einsteigt, der die Regeln nicht kennt.

»Wie hat er Sie gefunden?«, fragte sie Eva.

»Sicher durch das Bild.«

Schweigen.

»Sie gehen weg.«

Das war keine Frage. Louise wurde bewusst, dass Eva, wäre sie einmal entflogen, vollständig verschwinden würde, aufgesogen von einer Welt, die mit der ihren unvereinbar war. Es war der Lauf der Dinge, dass Eva, die Majestätische, fortging. Plötzlich wurde ihr bewusst, dass auch Raphael und Max zum Aufbruch zu rüsten schienen, und sie fragte sich höchst besorgt, ob man sie außen vor ließ.

»Geht ihr auch weg?«, fragte sie bemüht unbeteiligt.

Max hielt in seinem Gerenne inne, um ihr zu erklären, dass Eva nicht die Absicht habe, nach Hause zurückzugehen, weshalb sie alle drei aufbrechen würden. Unter Max' ungeduldigem Blick verlor Louise, die ohnehin angeschlagen war, endgültig die Fassung.

»Darf ich mitkommen?«, fragte sie.

Louise war wieder das kleine Mädchen, das allein vor seinem Spiegel tanzte und unter der Isolation auf dem Pausenhof litt.

»Du hast fünf Minuten«, sagte Max.

Louise stürzte davon, um ihre Tasche zu packen, ohne nach Einzelheiten zu fragen. Natürlich konnten sich Max und Raphael keinen normalen 24. Dezember vorstellen! Sie sah ihre Vorstellung von Heiligabend unterm Tannenbaum dahinschwinden, ein klassischer, geradezu langweiliger Traum.

Sie nahmen die Hintertreppe zum Keller und verliefen sich im Gewirr der mit nackten, schwachen Glühlampen beleuchteten Gänge. In ihrer Panik trat Louise auf ein Schälchen Rattengift, und Eva blieb mit dem Schal an einem aus der Wand ragenden Nagel hängen. Max suchte die Tür zum Keller des Nachbarhauses, an die er sich von den Besuchen bei Großmutter Valette in weit zurückliegenden Schulferien erinnerte, allerdings viel undeutlicher als angenommen.

»Scheiße!«, schrie er. »Wo ist diese gottverdammte Tür?«

Schließlich entdeckte Raphael den Ausgang, der halb von einem Stapel alter Kartons verdeckt war. Louise mühte sich mit den beiden Männern, die Tür freizuräumen. Eva stand stumm daneben und sah ihnen zu.

Die seit Jahrzehnten geschlossene Tür widersetzte sich lange und gab schließlich mit dem Rascheln von altem Staub nach. Sie fanden sich in einem weiteren Labyrinth identischer Gänge wieder und liefen eine Steintreppe hinauf bis zu einer anderen Tür, von der Max ebenfalls den Schlüssel besaß. Großmutter Valette hatte in ihrer Tasche oft solche geheimnisvollen Geschenke gehabt, deren verworrene Geschichte sie mit ihrem Liebling Max teilte, der sie immer zum Lachen brachte. Nachdem sie durch den Eingang des Nachbarhauses außer Sichtweite für den Ehemann oder seinen Gorilla die Straße erreicht hatten, umgingen sie eilig den Park. In Max' Lieferwagen, der nach altem Rauch stank, drückten sie sich auf der Sitzbank aneinander, Max am Steuer, Eva neben ihm und Raphael ganz dicht bei Louise, die an die Tür gequetscht wurde.

»Wohin fahren wir eigentlich?«, fragte Raphael, der Reisen hasste, egal wohin und mit welchem Verkehrsmittel.

»Nach Le Havre.«

Niemand sagte etwas dazu. Eva wusste gar nichts über Le Havre, Louise auch nicht und Raphael nur, dass Max im Vorjahr ein paar Wochen zu Dreharbeiten dort gewesen war.

Nach dem ordnungsgemäß mit Salz gestreuten Stadtring und einem Stück nicht geräumter Autobahn nahm Max eine Ausfahrt auf die Fernstraße. Der starke Schneefall zwang ihn, langsam und vorsichtig zu fahren. Im feuchtwarmen Lieferwagen kniffen die Beifahrer den Hintern zusammen und traten immer wieder auf eine imaginäre Bremse. Die am weißen Himmel schwimmende Wintersonne ließ den Schnee funkeln. Ständig knallten hinten irgendwelche Gegenstände aneinander, denn der Lieferwagen diente dem Requisiteur als Schuppen.

»Es tut mir so leid«, murmelte Eva.

»Was?«, fragte Max.

»Dass ich Sie in diese Schwierigkeiten hineingezogen habe.«

»Das sind keine Schwierigkeiten.« Max lächelte.

Louise fiel auf, dass er strahlte.

»Es ärgert mich total, dass ich Cécile verpasst habe«, sagte sie.

»Um eine Minute«, erzählte ihr Raphael.

»Ich weiß, ich habe ihr Parfüm im Fahrstuhl gerochen.«

Louise fühlte sich mies. Sie bedauerte die vergangene Nacht und konnte sich ihr Nachgeben nicht verzeihen. Beim Sex hatte sie eine bittere Wut verspürt, die Damien für, ja, wohl für Leidenschaft gehalten hatte. Wie ein Millionär, der fürchtet, man liebe ihn für sein Geld, hatte er ihr später zu verstehen gegeben, er wisse schon, dass sie sich nur wegen seines Erfolgs für ihn interessiere. Damit hatte er sein Todesurteil unterzeichnet. Angewidert hatte Louise ihn am Morgen verlassen, ohne zu widersprechen, und sich geschworen, ihn nicht wiederzusehen.

Raphael saß eingezwängt zwischen Louise und Eva und konnte kaum atmen. Er konnte sich sein Geständnis gegenüber Eva nicht verzeihen, ihr ins Gesicht zu sehen, wurde zur Qual. Nicht viel besser ging es ihm mit Louise, die ihn nachts im Flur gefunden hatte. Und jetzt legte sie ihm auch noch die Hand auf den Arm.

»Geht's?«, fragte sie. »Ist es nicht schön draußen?«

Raphael hasste es, wenn man ihn berührte, aber das Leben war stärker als er, und am Ende fügte er sich. Anders als Max, der immer kämpfte, ließ er alles widerstandslos mit sich geschehen und dachte dabei an etwas anderes. Auch Louises Berührung akzeptierte er, ohne zu reagieren, eine weitere Unannehmlichkeit dieser Reise.

Eva lehnte an Raphaels Schulter und dachte über ihn

nach. Sie versuchte, sich den Griff von Max' Händen um seine Taille vorzustellen, als er ihn über die Balkonbrüstung hob. Können wir jemanden so sehr lieben, dass wir akzeptieren, wenn er uns töten will? Die Frage ließ sie nicht los. Gegen jede Logik und trotz der Hoffnungslosigkeit ihrer Leben beneidete sie die beiden.

In einem Dorf hielt Max an und kaufte Sandwichs, die sie beim Weiterfahren aßen.

»Wir sind bald da«, sagte er.

Es dämmerte schon, und der Schnee färbte sich hellblau.

»Gehen wir ins Hotel?«, fragte Louise.

Max erzählte, dass er vor dem Aufbruch ein Mädchen angerufen hatte, das er in Le Havre kannte.

»Sie ist in den Bergen und überlässt uns ihre Wohnung, bis sie zurückkommt.«

»In Le Havre?«, fragte Louise verblüfft.

Eine Nachbarin hatte die Schlüssel unter die Fußmatte gelegt. Sie betraten die trostlose und staubige Wohnung einer alleinlebenden Frau. Zum Meer hin ein riesiger Balkon, am Ende des Flures zwei Schlafzimmer mit Blick auf die von der Dunkelheit versteckte Stadt. Jeder besichtigte die Wohnung für sich, wie man bei einem Ferienhaus kontrolliert, ob alles der Werbung entspricht. Der anderen etwas überdrüssig, fand dann jeder eine Möglichkeit, sich zurückzuziehen, nur Louise wurde mehr dazu genötigt. Raphael verzog sich in ein Schlafzimmer, Eva in das andere. Max ging hinaus an die Luft.

Louise irrte herum und versuchte, sich zu orientieren. Wahrscheinlich war es zu spät, um ein richtiges

Weihnachtsmahl zu organisieren, aber irgendwas zu essen mussten sie für den Abend noch auftreiben. Sie erkundete die Küche und stellte fest, dass die Eigentümerin wohl Vegetarierin war. Die Schränke waren voll mit getrocknetem Gemüse, Vollkornnudeln und vakuumverpackten Sojasteaks. Entmutigt kehrte sie ins leere Wohnzimmer zurück und entdeckte zwischen diversen anderen Dingen in einem Rahmen ein Foto von Max. Er lächelte ins Objektiv und hatte eine hübsche Blondine im Arm, sicher die Wohnungsinhaberin. Anscheinend konnten alle außer Louise eine Affäre mit dem schönen Max haben. In Bordeaux wäre alles anders gelaufen, dachte sie verbittert. Dort wäre sie Max sofort aufgefallen, weil sie zu den Mädchen gehörte, die man kennen musste. Aber in Paris, in dieser Monsterstadt, wo alle toll waren, war sie so gar nichts Besonderes mehr. Die umwerfendsten Stepptänzer im Tanzstudio hatten keinen besonderen Ehrgeiz. Max und Raphael waren auf ihre leichte und verwirrende Art brillant und gebildet. Cécile war zweifellos eine große Spezialistin, und Eva gehörte einer sozialen Klasse mit einer Raffinesse an, der man in der Provinz nicht begegnete. Louise hatte den Reflex gehabt, ihre Kräfte an ihnen zu messen, aber bald aufgegeben, denn zum Kämpfen braucht man immer zwei, und die anderen dachten gar nicht daran. Paris hatte sie in ein paar Monaten fertiggemacht, wie sie mit Tränen in den Augen feststellte. Ihre großartigen, unter dem schützenden Blick von Bob Mitchum gefassten Entschlüsse waren schon nichts mehr wert. Plötzlich fehlte ihr die Luft, und sie ging auf den Balkon. Der Meereswind verpasste ihr eine eisige Ohrfeige, die sie wie eine Bestätigung ihrer Nichtswürdigkeit empfing.

Sie ging zurück ins Wohnzimmer und schaltete den Fernseher ein, um sich die Zeit zu vertreiben. Auf allen Kanälen bereitete man sich auf den Weihnachtsabend vor. Moderatoren in Festkleidung standen zwischen ausgestopften Waldtieren und unechten Weihnachtsbäumen. Sie zappte ohne Begeisterung bis zu den Kabelsendern und stieß auf die nachkolorierten Aufnahmen von Méliès, die sie sofort an den schreienden, schleimigen Farben erkannte. Sie dachte an ihre Tante, die das verrückte Genie aus den Studios von Montreuil angebetet hatte und sich bei seinen Filmen vor Begeisterung auf die Schenkel klatschte. Im Zauberkasten des Filmemachers verschwand eine Hexe auf ihrem Besen hinter einer Wand aus orange-grünem Rauch in einer wackeligen Ruinenkulisse aus Pappmaché. Mädchen in Pluderhosen schossen wie Springteufel aus ihren Schachteln, rannten in alle Richtungen und wedelten mit den Armen, verfolgt von meerblauen Ungeheuern, die steife Flammen spuckten, während bärtige Männer in roten Umhängen vor überschwänglichen Geliebten auf die Knie fielen. Muss man das Leben überhaupt ernst nehmen? Louise fiel ein Zitat ein, das sie irgendwo gelesen hatte. »Wenn alles zu Ende ist, fängt alles an.« Der Satz, der sich ihr eingeprägt hatte, ohne sie zu berühren, strahlte plötzlich in hellem Licht. Nichts verlief so, wie sie es sich vorgestellt hatte, natürlich brauchte man ein Ende, damit es einen Anfang gab. Dann dachte sie an Cécile und ihre Abscheu vor Zitaten. Plötzlich vermisste sie die Wärme, die sie ausstrahlte, das elegante, mit Gin verlängerte Parfüm, ihre bunten Ringe und das kleine, mütterliche Bäuchlein in dem fremden Zimmer, wo die Zeit nicht verging. Louise machte den Fernseher aus und legte sich auf das Sofa. Das durch die Doppelfenster in ein sanftes Murmeln verwandelte Meeresrauschen wiegte sie in den Schlaf.

Max kam schwerbeladen zurück und rief Louise aus dem Flur zu, jetzt werde gefeiert und er denke nicht daran, alles allein zu machen. Wenn man davon aus dem Schlaf gerissen wurde, war Max' Brutalität besonders unerträglich. Das mussten auch Raphael und Eva erfahren, als sie von heftigen Schlägen gegen ihre Zimmertüren jäh gestört oder aufgeweckt wurden. Irgendwo in der Stadt hatte Max einen noch geöffneten Feinkostladen entdeckt. Er schuf in der Wohnung eine annehmbare Atmosphäre, indem er die Lampen umstellte, ohne Hemmungen Kerzen anzündete und aus dem Lieferwagen CDs holte. Das Grab der alten Jungfer erwachte zum Leben, das war Max' Beruf, und er erhielt dafür viel Beifall. Noch vor einer Stunde hatte sich jeder gefragt, was er hier zu suchen habe, nun stellte sich diese Frage nicht mehr. Der Überdruss einer möglichen Irrfahrt hatte dem kollektiven und fröhlichen Bedürfnis Platz gemacht, dieses Exilweihnachten zu genießen.

Nach dem Essen und zwei Flaschen Champagner lag ein Zögern in der Luft. Es war zu früh, um schlafen zu gehen, und der gegen die Scheiben peitschende Wind machte wenig Lust auf einen Spaziergang. Richtige Gespräche kamen nicht mehr zustande. Jeder gab eher zusammenhangslose Äußerungen von sich, begleitet von gedämpftem Lachen, denn das war ein sanfter Abend. Max entspannte sich etwas und ließ den anderen ihren Rhythmus. Er beobachtete. Vor allem Eva, die sich wie immer etwas zurückgezogen hatte. Sie glich einem Engel, aber in Max' persönlicher Bildgebung waren Engel keine Heiligen. Sie versteckten ihr Geschlecht, ihr Tun und ihre Gefühle.

Als der Tisch abgeräumt war, schlug er vor, sie könnten etwas spielen.

»Was denn?«, fragte Louise begeistert.

Niemand bemerkte Evas Erschrecken. Sie hatte noch Max' beängstigendes Spiel auf dem Klappsofa im Kopf. Raphael erkannte in seiner Stimme die Dringlichkeit, der er unmöglich widerstehen konnte.

Max erklärte, das Spiel bestehe darin, anhand von mimisch dargestellten Hinweisen Kunstwerke zu erkennen.

»Was? Gemälde? Ich habe keine Ahnung von Malerei«, rief Louise erschrocken.

»Das bildest du dir ein.«

»Nein!«, versicherte sie. »Ich kenne mich wirklich nicht aus.«

Raphael und Max machen keinen Unterschied zwischen den Kindern, die sie mal waren, und den Männern, die sie heute sind, dachte Eva. Sie leugnen die Zeit. Ihre Spiele mit den uralten, unveränderlichen Regeln sind wie eine Sprache mit einer erstarrten Grammatik, die nur sie allein verstehen und sprechen. Vielleicht können die beiden einander nur näherkommen, indem sie spielen und die anderen auf Distanz halten.

Sie verkündete, sie werde zusehen, ohne mitzumachen. Louise war beunruhigt, ließ sich aber doch überreden, sie wollte so gern dazugehören, auch wenn sie sich lächerlich machte.

Max fragte, wer anfangen wolle. Raphael richtete seinen langen Körper eines in sich selbst verstrickten Troubadours auf. Er drehte ihnen sein Profil zu, stellte einen Fuß auf die Sessellehne und einen Ellbogen auf sein angewinkeltes Knie. Schließlich streckte er den Zeigefinger vor sich aus.

Max lachte.

»Das ist Mist, Raphael, du bist blöd. Viel zu einfach! Ingres. Ödipus und die Sphinx!«, sagte er und trank einen Schluck Kastanienlikör, den er in einem Schrank gefunden hatte, direkt aus der Flasche. »Jetzt bin ich dran!«

Louise erstarrte.

»Ich spiel nicht mit«, erklärte sie. »Das ist unmöglich rauszubekommen.«

Wieder einmal traf sie die Vertrautheit der Cousins wie ein Schlag ins Gesicht.

Max ignorierte Louise. Er setzte sich auf einen Stuhl und umklammerte seine rechte Wade. Dann zog er entsetzliche Grimassen, vervielfachte seine Ticks bis zur Karikatur.

Alle starrten verlegen und besorgt auf Max, der von unsichtbaren Fesseln gefangen schien.

»Ich weiß es nicht«, sagte Raphael, um der Qual ein Ende zu bereiten.

»Bacon! *Selbstporträt 1973*. Du hast verloren, ich bin noch mal dran.«

Max streckte sich auf dem Sofa aus, schlug die Beine übereinander, legte eine Hand auf sein Geschlecht und krümmte den anderen Arm auf der Lehne.

»*Olympia* von Manet?«, wagte Eva sich vor.

»Bravo! Sie sind dran.«

»Nein, ich überlasse Louise meinen Platz.«

Louise stand widerwillig auf. Sie stellte sich in die Mitte, ihr fiel kein einziges Bild ein, das sie hätte darstellen können. Dann entsann sie sich einer kleinen Reproduktion, die sie in Céciles Diele gesehen hatte. Sie wusste weder, wer das Bild gemalt hatte noch wie es hieß, und wagte den Sprung ins kalte Wasser in der Hoffnung, man werde es für sie erraten. Sie zog die Schuhe aus und fragte, ob sie Requisiten benutzen dürfe. Max erlaubte ihr die Abweichung von der Regel. Louise griff nach Raphaels Schal, der auf einer Kommode lag, legte ihn lässig über ihre Schultern, um die Schlange zu imitieren, und holte einen Stift aus ihrer Tasche, den sie waagerecht an ihre Lippen legte. Louise tippte mit gekrümmten Fingern auf den Stift. Mit rasendem Herzen betete sie, jemand möge es herausfinden.

»Was macht sie mit dem Stift?«, fragte Max.

Louise tat, als puste sie hinein.

»Sie spielt Flöte«, sagte Raphael.

»Ha!«, rief Max und streckte den Finger nach Louise aus. »Der Zöllner Rousseau. Stimmt's?« Louise blies weiter auf ihren Stift, unfähig, ihm zu antworten. »Der Zöllner Rousseau. *Die Schlangenbeschwörerin*!«, fügte er hinzu.

Ohne zu warten, stand er auf, um weiterzuspielen.

Von da an fand das Spiel nur noch zwischen Max und Raphael statt. Mit geschlossenen Augen hörte Eva sie Ensor, Picasso oder Warhol nennen. Ihr Lachen und ihre Körper streiften sie in der Dunkelheit. Ihre Söhne spielten wohl gerade auch auf dem Wohnzimmerteppich. Bestimmt hatte man sie mit Geschenken überschüttet, um sie die Abwesenheit ihrer Mutter vergessen zu lassen. Trotzdem hätte Eva an diesem Abend um nichts in der Welt woanders sein mögen. Dieses Rettungsfloß in einer unbekannten Stadt war alles, was sie begehrte.

Am nächsten Tag blieben sie den ganzen Vormittag in der Wohnung, erschreckt vom Anblick der Stadt, deren Härte die Nacht vor ihnen verborgen hatte. Max, der als letzter aufgestanden war, pries ihnen den Ort als Erfahrung an, vor allem die Kirche des Architekten Perret, den er persönlich zu kennen schien. Verfroren und halbherzig folgten sie ihrem Führer durch ein Modell verlassener Straßen, die von identischen Nachkriegsbauten gesäumt waren.

»Egal, wohin der Mensch geht, immer ist er in einer Vielzahl von Perspektiven, Winkeln und Höhen gefangen.« Max lief schnell, er zitterte und hüpfte, hatte die Augen überall. »Ständig muss er sich anpassen, optische Illusionen auflösen, Hindernisse umgehen und mathematische Probleme klären. Die Stadt ist ein Rätsel, das seine Sinne mobilisiert, weil an ihr nichts selbstverständlich ist. Der Mensch darin ist riesengroß und winzig klein.«

Mit ihrer sanften, vom Wind verschlungenen Stimme sagte Eva, er beschreibe eine alte Welt. Sie erwähnte den Fortschritt der Wissenschaft, die mechanischen Stimmen, die sie überall begleiteten, wo sie auch gingen. Eva hatte recht, aber Wahrheit interessierte Max nicht. Er beharrte auf seinen Ideen und dem Taumel, in den sie ihn versetzten.

»Die Welt hat zwei Geschwindigkeiten, Eva. Der Fortschritt wird immer schneller, und der Mensch versucht hinterherzukommen. Er gerät außer Atem, kommt nie zur Ruhe. Er macht sich nicht klar, was er unterwegs verliert.«

»Was zum Beispiel?«, fragte Louise.

»Das Vergnügen, sich im Weg zu irren. Und den Zufall.«

»Ich dachte, Sie sind ein Mann Ihrer Zeit«, sagte Eva lächelnd.

»Ein Mann seiner Zeit zu sein heißt nicht, dass man alles davon nimmt. Ich behalte nur, was mich interessiert.«

»Und das, bringt dich das zum Träumen?«, fragte Louise und zeigte auf eine Reihe kleiner Betonhäuser.

Unter den Arkaden brüllte der Wind wie eingeschlossen in einem Rohr. Überall Linien, Rauten an den Balkons; überall in der Stadt unterwarf die Handschrift des Meisters die Passanten seiner Ordnung und seiner Tyrannei.

Raphael hüllte sich in Schweigen. Er hatte einen Schritt zur Seite gemacht, um Louises Arm zu entgehen, und starrte beim Gehen auf seine Schuhe. Wer würde Max zum Schweigen bringen? Da er unfähig war, es selbst zu tun, sagte er sich, dass Max nach dem Zufall verlangte, aber den anderen nichts davon ließ. Cécile rief von der St. Pancras Station an, um ihnen ihre Rückkehr am selben Abend anzukündigen. Max spottete über ihre zu erwartende hundsmiserable Laune, und Eva erkundigte sich nach ihrem Liebesleben. Raphael misstraute Max' giftiger Zunge und wollte ihn nicht antworten lassen.

»Wir kennen sie nur als Single«, sagte er. »Vielleicht war sie mal verliebt, aber davon ist nichts übrig geblieben. Die Bücher haben die Männer in ihrem Leben ersetzt. Für sie ist Literatur eine Lebensweise.«

Er erzählte, dass eine schwere Bronchitis sie im letzten Winter mehrere Wochen ans Bett gefesselt hatte. Cécile hatte Angst, es sei etwas Schlimmes und sie werde sterben. Max und er hatten sich an ihrem Krankenbett abgewechselt und sich um sie gekümmert. Eines Abends war sie bei hohem Fieber in Panik geraten und hatte angefangen zu reden, als würde sie ihr Testament machen. Sie sorgte sich um ihre Bibliothek und hatte geklagt, niemand verdiene diesen Schatz. Sie sagte, die Kultur, die sie geduldig geschaffen habe, sei ein einzigartiges Werk, das mit ihr verschwinden werde.

»Cécile versteht nicht, wie man ohne ihre Intelligenz leben kann«, ergänzte Max.

»Das stimmt«, sagte Eva nachdenklich. »Warum soll man auf die Intelligenz der anderen verzichten. Wollen wir nichts lernen?«

»Wir denken, dass wir zu viele dringende Probleme zu lösen haben und dass der Rest warten kann«, meinte Raphael. »Wir legen Sammlungen an, reparieren kaputte Dinge. Wir haben immer etwas Besseres zu tun, als uns zu bilden.«

Sie hatten das Ende der Straße erreicht und standen vor dem grauen, zu den Hochhäusern passenden Meer. Von der Strandpromenade aus beobachteten sie die mit ihren bunten Containern beladenen Frachter, die sich unbekümmert und wie aus der Zeit gefallen mit exotischer Langsamkeit bewegten.

Max trieb sie endgültig zur Erschöpfung, indem er sie nötigte, auch noch die Kirche zu besichtigen. Er betrat vor ihnen das Gebäude und ging, seiner Sache gewiss, bis zum riesigen leeren, mit unzähligen kleinen bunten Glasfenstern bedeckten Kirchturm, einem architektonischen Meisterwerk, das sie verblüfft betrachteten und das sie mit umgekehrtem Schwindel, von unten nach oben erfüllte.

Raphael setzte sich vor den Altar, einen weißen Block, der einem polierten, porösen Sepia-Knochen glich, während Max mit seinem Telefon fotografierte. Die Valette-Schwestern waren voller Verachtung für die Religion aufgewachsen. Sie hatten mit Sünden oder Tugend nichts am Hut und waren nicht bereit, für irgendwas zu büßen. Max hatte es für sich dabei belassen und sich schon früh von Religion und Geschichte abgewandt. Raphael hingegen hatte für alle darüber nachgedacht und die Qualen der Sünde ohne das Licht der Vergebung oder der Erlösung durchlitten. Seine Schuld, tief verwurzelt und unerkannt, saß seit der Kindheit in ihm fest.

Draußen beendete Max seinen Vortrag über Auguste Perret. Niemand hörte ihm mehr zu. Kaum waren sie zurück in der Wohnung, packten alle eilig ihre Sachen.

An der letzten Mautstation bat Eva Max, bei ihr vorbeizufahren. Als sie vor ihrem Haus standen, bat sie die anderen, nicht auszusteigen.

»Danke«, flüsterte sie und schloss die Beifahrertür.

»Was wird aus ihr?«, fragte Louise.

»Nichts«, sagte Raphael. »Man wird ihr keine einzige Frage stellen. Es wird zwei, drei etwas wortkarge Mahlzeiten geben, dann wird alles wieder wie vorher. So läuft das in den cremefarbenen Salons.«

Louise überlegte.

»Ich dachte, sie würde ihr Leben ändern.«

»Durch uns?«, fragte Max und lachte boshaft.

»Ja, durch uns«, entgegnete Louise und bot Max die Stirn.

»Meine arme Louise!«

»Ich verbiete dir, mich meine arme Louise zu nennen! Wegen dir ist sie weggegangen. Du hast uns zwei Tage lang mit dieser Scheißstadt genervt! Halt an! Ich will aussteigen.«

Max blieb stehen.

»Es ist noch weit«, sagte er und zog die Handbremse.

Auf seinem Gesicht waren seine spektakulärsten Ticks zu sehen.

»Fickt euch doch alle ins Knie!«, brüllte sie draußen voller Verzweiflung.

Max und Raphael sahen sie davontaumeln, eine dickköpfige Tänzerin, die sich durch den Schnee kämpfte.

13

Cécile war speiübel, wahrscheinlich lag es am Kaffee aus dem Speisewagen. Vielleicht war es auch das französisch-britische Zitronengebäck mit einer dicken Schicht glänzendem Zuckerguss gewesen, das sie mit zwei gierigen Bissen verschlungen hatte. Ihr gegenüber im Erste-Klasse-Abteil las eine Frau eine englische Zeitschrift und überwachte aus dem Augenwinkel ein sechs- oder siebenjähriges Kind, das neben ihr spielte. Cécile konzentrierte sich auf die beiden und vergaß darüber fast ihre Übelkeit. Sie setzte sich etwas schräg, um das Gesicht der Frau diskret im Wagenfenster zu beobachten, und stellte sich begeistert die komplizierte Geschichte dieses faszinierenden Produkts der Globalisierung vor. Die Frau konnte ebenso gut Pakistaner, Irokesen, Schweden, Koreaner oder Amerikaner wie Bewohner der Komoren unter ihren Vorfahren haben. Ihre gemischten, gegensätzlichen Züge, die weichen, vornehmen Bewegungen und die Zartheit ihrer Gestalt verkörperten die Quintessenz eines universellen Charmes, das entzückende Ergebnis einer Epoche, die Entfernungen und Grenzen abgeschafft hatte. Cécile bedauerte, dass das Kind mit den leichten Schlitzaugen nicht das undurchdringliche Geheimnis seiner Mutter geerbt hatte.

Sie knickte die Seite 56 von *Back Home, Honey*, dem letzten Roman ihres Bruders, um und starrte entsetzt auf den Umschlag. Die weichen roten Buchstaben des Titels schmolzen in der blutigen Lava, die von einem Vulkan ausgestoßen wurde. Ein großartiges Genre, murmelte Cécile seufzend und strich mit der Fingerspitze über den eingeprägten Namen des Autors. James McRee, zischte sie wütend durch die zusammengepressten Zähne. Sie hasste das lächerliche Pseudonym, das er als Reaktion auf seine nie akzeptierte französische Herkunft angenommen hatte, auf die Cécile sehr stolz war. Sie verabscheute alle Romane ihres Bruders mit der gleichen Inbrunst und las sie meistens in einem Zug durch, um möglichst schnell zum Ende zu kommen. Es war nicht nur das Genre des Kriminalromans, das sie für minderwertig hielt, sondern auch James' perverse Phantasie, die wie schmieriger Unrat von den Seiten triefte. Er würde hinterlistige Fragen stellen, um zu überprüfen, dass sie das Buch bis zum Ende gelesen hatte, und eingeschnappt sein, wenn er herausfände, dass es nicht so war. Ihre vulgäre Beziehung würde um ein paar neue Sarkasmen bereichert werden, damit musste sie rechnen. Pech! Cécile war überzeugt, dass ihr Bruder nur noch für seine Feinde schrieb, aus Rachsucht, wild entschlossen, eines Tages selbst die Widerspenstigsten zu brechen. Für die Journalisten, die ihn einhellig verrissen, publizierte er ein Buch nach dem anderen. Ist das bei allen Schriftstellern so?, fragte sie sich, während sie den Wälzer in die Tasche steckte. Widmet man sich am Ende wie bei einem letzten Kreuzzug ausschließlich denen, die einen verabscheuen? In seiner grenzenlosen Unreife hatte James immer darum gekämpft, dass man ihn liebte, und hartnäckig ignoriert, dass sein Bemühen die entgegengesetzte Wirkung hatte. Seine obsessive Suche nach Anerkennung empfand Cécile als abstoßend, sie erkannte darin nur seine kindliche Brutalität, seinen Drang, der Liebling einer Mutter zu sein, die ihm dieses Privileg stets vorenthalten hatte.

Das Kind nahm ein Bilderbuch vom Tisch und streckte es seiner Mutter hin. Sie war mit ihrem Telefon beschäftigt und murmelte ihm zu, es solle warten. Mit dem Buch in der Hand sah es zu Cécile, die sich in die Landschaft versenkte.

Cécile hatte nichts gegen Kinder, aber sie fand es unerträglich, wie sie die Erwachsenen beurteilten, als wären sie Gegenstände. Wer nicht das Privileg hatte, ihnen zu gefallen, wurde ohne Umstände und mit abstoßender Herablassung zurückgewiesen. Sie dachte nicht daran, sich auf ihr Spiel einzulassen und sich zu entwürdigenden Verführungsversuchen zu zwingen, sondern blieb auf Distanz zu diesen hinterhältigen, versnobten Zwergen. Um Ruhe zu haben, hielt sie bis zur Ankunft die Augen geschlossen.

Vor dem Schaufenster von Fortnum St. Pancras starrte James McRee-Lurçat seine Schwester an, als hätte er seit Wochen kein menschliches Wesen mehr gesehen. Mister Pickwick nach einem Gefängnisaufenthalt, dachte Cécile. Er war dick, vielmehr fett, und die strähnigen grauen Haare fielen ihm auf die Schultern. Er trug seine ewige Tweedjacke, zwischen den Knöpfen seines Poloshirts sah man ein schmutziges Unterhemd.

Oh, my God!, dachte Cécile, deren Nerven bereits versagten.

Entmutigt fragte sie sich, wie sie so einen Kerl zum Bruder haben konnte.

Als sie ihre Mutter sah, bekam sie einen noch größeren Schock. Die alte Frau bewegte sich beunruhigend steif, wie eine alte Puppe, und sah kaum noch etwas. James hatte ihr ein Kleid mit geometrischen Motiven, zweifarbige Schuhe und hellbraune Stützstrümpfe angezogen. Cécile fragte ihn, warum ihre Mutter als Clown verkleidet sei. Er regte sich auf und fauchte, das gehe sie nichts an.

»Nur weil sie alt ist, muss man sie doch nicht wie eine Witwe anziehen«, fügte er hinzu.

Bevor sie ging, hatte die Krankenpflegerin den Tisch gedeckt und das Abendessen in den Backofen gestellt. Cécile war so gereizt, dass sie ihrem Bruder nicht mehr ins Gesicht sehen konnte. Wenn sie den toten Blick ihrer Mutter kreuzte, wurde ihr übel.

»Spricht sie nicht mehr?«, fragte Cécile und nahm sich ein kleines Stück Putenbrust, das sie mit *gravy* übergoss.

»Doch, doch. Sie ist eingeschüchtert. Sie weiß nicht, wer du bist.«

»Und dich erkennt sie?«

»Ich glaube nicht, aber an meine Anwesenheit ist sie gewöhnt, mit mir spricht sie.«

»Was sagt sie?«

»Ich kriege nicht immer raus, von welcher Zeit und von wem sie gerade redet.«

»Das scheint dich nicht zu stören.«

»Man gewöhnt sich dran.«

»Ich bin dir sehr dankbar, dass du dich um sie kümmerst.« Cécile wurde allmählich klar, was ihr Bruder auf sich nahm.

Sie vergaßen die Anwesenheit ihrer Mutter, die reglos auf dem Stuhl saß. James erkundigte sich nach den Cousins, die er nie gesehen hatte. Wenn Cécile in London war, sprach sie oft über die beiden, als könnte sie sich durch die Erwähnung zu ihnen beamen.

»Sind die beiden eigentlich schwul?«, fragte James.

Er hatte seiner Mutter eine Weihnachtsmannserviette um den Hals gelegt und fütterte sie.

»Wie kommst du denn darauf?«, rief Cécile entsetzt.

In ihrem Kopf mischte sich die Vision ihrer zum Baby mutierten Mutter mit der schockierenden Vorstellung der Homosexualität von Max und Raphael.

»Keine Ahnung. So, wie du von ihnen erzählst, bin ich sicher, dass sie es sind.«

»Homosexuelle denken immer, dass alle so sind wie sie.«

James war noch ein Teenager gewesen, als Cécile ihn einmal mit einer Truppe verweiblichter Männer aus einer Schwulenbar hatte kommen sehen. Das war wenige Tage vor ihrer Abreise nach Frankreich gewesen, wo sie ihr Studium abschließen wollte, und sie hatten mehrere Jahre nicht darüber gesprochen. Später machte er gelegentlich eine Anspielung, aber sie wollte nichts darüber wissen. Das Sexualleben ihres Bruders stieß sie ab.

»Ich habe eine Menge Männer getroffen, die ihre Zeit mit Frauen verschwenden, obwohl sie nur von einem ordentlichen Schwanz träumen.«

»He! Es reicht!«, schrie Cécile und schlug mit der Faust auf den Tisch.

Die alte Dame zuckte zusammen.

»*What time is it?*«, fragte sie mit hoher, besorgter Stimme und sah ihren Sohn an.

»*Ten thirty, mother. Don't worry.*«

»*We mustn't miss the train, dear*«, flehte sie besorgt.

»*We won't, don't worry.*«

Cécile sah ihre Mutter fassungslos an. Sogar die Stimme hatte sich zu kindlichem Lallen gewandelt. Sie erinnerte sich an den entschiedenen und vornehmen Ton der Frau, die heute als Wrack im Clownskleid vor ihr saß. Es war grauenvoll.

»Von welchem Zug spricht sie?«

»Das sagt sie öfter. Ich kriege nicht raus, wohin der Zug fährt, den sie nicht verpassen will, und wer auf dem Bahnsteig warten soll.«

Sie versuchten, bis zum Dessert freundlich miteinander zu plaudern. Cécile war entsetzt über ihren Bruder und er ganz zufrieden, dass sie es war. Wenn sie sich die Mühe machte, nach London zu kommen, erinnerte er sie gern an die katastrophale Situation und seine Pflichten als guter Sohn. Überdies gab es ein grundsätzliches Missverständnis, das ihre Beziehung endgültig zerstört hatte. Bruder und Schwester, in starkem Klassendünkel erzogen, hatten ihren Stolz schon früh aus unterschiedlichen Quellen geschöpft, aber das war nur Cécile bewusst. James glaubte immer noch, dass sie seine Herablassung teilte, während Cécile die sozialen Unterschiede bald durch subtile intellektuelle Differenzierung ersetzt hatte. An die Stelle der Isolierung durch Geld und Namen trat die Abgrenzung durch Intelligenz und Kultur, deren Nuancen sie eindeutig vorzog. Auch als großer Krimischreiber hatte James den Dünkel nie aufgegeben und verachtete weiterhin die ganze Welt. Die Kritiker spotteten ständig über ungenaue Darstellungen und die Klischees, derer er sich aus Unwissenheit bediente, wenn er in seinen Büchern Milieus und Lebensweisen beschrieb, mit denen er nichts zu tun haben wollte. Cécile überlegte sich, dass er sofort bemerken würde, was bei Charles nicht stimmte, wenn er ihn träfe. An seinem Knochenbau würde er den Händlersohn erkennen und an seinem fröhlichen Elan den Mann, der aus eigenen Kräften etwas aus sich gemacht hatte, ohne die angeborene Kultur, von der ihr Bruder, der Schriftsteller, profitiert hatte.

James nahm behutsam die Serviette vom Hals seiner Mutter, half ihr aufzustehen und führte sie aus dem Zimmer. Cécile fragte sich, ob die beiden, wenn sie allein waren, zusammen in den Zug stiegen, ob James den Schaffner spielte und das Pfeifen einer Dampflokomotive nachahmte. Sie ging auf den Balkon, um eine Zigarette zu rauchen. Die Themse zu ihren Füßen, schwarz und so breit wie ein See, machte ihr Angst. Weihnachtsbäume blinkten hinter den Fenstern des gegenüberliegenden Hauses der Wohnanlage. In der zweiten Etage nahm ein riesiger Fernseher die ganze Wand eines großen Wohnzimmers ein, darauf liefen die abgehackten Bilder eines Actionfilms. Vom Balkon aus sah Cécile den Schnitt, die Folge der Einstellungen, das künstliche Tempo einer Erzählweise, die nichts mit dem wahren Leben zu tun hatte. Dann fiel ihr ein, was James über Homosexualität gesagt hatte. Sie dachte an Max und Raphael und fragte sich, ob es noch andere, nicht erfasste Formen der Liebe gab, weder heterosexuell noch homosexuell, auch keine Geschwister- oder Sohnesliebe. Formen von Liebe, die von vorn bis hinten durch freie Geister wie die der Cousins erfunden wurden. Zwischen ihnen herrschten unendliche Liebe und ein tödlicher Kampf, dessen Ursprung sie nicht kannte. Bei der Vorstellung, dass sie fortgehen würden, wenn die Wohnung verkauft war, bekam sie Angst. Sie räumte den Esstisch ab, füllte die Geschirrspülmaschine und warf die Reste ihres erbärmlichen Weihnachtsmahls in den Müll.

Der nächste Tag wurde eine Katastrophe. Ihre Mutter war überhaupt nicht mehr passiv, sondern rannte durch die Gegend und James immer hinterher.

»Deine Anwesenheit verstört sie«, sagte er, als die alte Dame Cécile, die sie für eine Lieferantin hielt, eine Pfundnote aufdrängte.

Gegen Mittag beschloss Cécile, dass sie keine Minute länger in der Wohnung bleiben konnte, und sagte ihrem Bruder, sie werde eine Runde gehen. Fünfunddreißig Jahre nach ihrem Umzug nach Paris fühlte sie sich in der festlich beleuchteten Stadt immer noch zuhause. Sie hatte immer gedacht, sie würde ihre Tage als alte, in Creme und Pastell gekleidete Dame in Belgravia oder South Kensington beenden, aber die Nähe von James und ihrer Mutter hatten den Plan zunichtegemacht. Heftige Wehmut stieg in ihr auf, gemischt mit einem ebenso heftigen Verlangen zu trinken. Schließlich fand sie eine Hotelbar, wo sie einen Gin Orange bestellte. Sie dachte an Charles Danglars, rekonstruierte aus der Erinnerung sein Ganzkörperporträt im Rektorensalon. Sie dachte auch an Alexander und die Männer vor ihm, die sie hatte ziehen lassen, weil das Verlangen schon lange gestorben war, bevor man sich trennte. Der Alkohol hatte ihr immer geholfen zu vergessen, aber Charles' Eindringen in ihr Leben belebte die tief versunkene Vergangenheit. Sie bestellte einen zweiten Gin Orange, »diesmal ohne Eis«, und holte das Telefon aus der Tasche. Sie war im Begriff, Charles Namen einzugeben, dann besann sie sich und atmete tief durch. Dieser Mann, den sie kaum kannte, fehlte ihr. Das war unfassbar und wunderbar.

Cécile versank im Ledersessel der menschenleeren Bar. Nachdem sie es jahrelang vermieden hatte, Bilanz zu ziehen, beschloss sie, ganz ruhig und aufrichtig über ihr Leben nachzudenken. Sie war niemandem Rechenschaft schuldig und hatte Lust, es zu wagen, zu probieren. Sie würde mit Charles schlafen, betrunken, um nichts zu sehen, und dann, wenn sie dieses Kap umschifft hatte, war alles möglich. Vielleicht würde es ihm gelingen, sie mit ihrem Körper zu versöhnen. Er würde sie bitten, weniger zu trinken, und sie würde es tun. Dann dachte sie an Max und Raphael, versuchte sich vorzustellen, was sie von Charles Danglars halten würden. Die beiden hatten sich daran gewöhnt, sie allein zu sehen, und plötzlich fand sie die Vorstellung, sich ihnen verliebt zu präsentieren, gefährlich und lächerlich. Wenn sie die Rolle der alten Jungfrau aufgab, die sie ihr zugewiesen hatten und über die Cécile sich amüsierte, war Schluss mit den Vertraulichkeiten, davon war sie überzeugt. Aber sie zogen ja weg, das stand fest, und was würden sie dann mit ihr machen? Sie waren so unvorhersehbar, sie konnten von einem Tag auf den anderen verschwinden, ohne sich je wieder zu melden. Cécile schluckte die letzten Tropfen ihres Gin Orange. Sie entschied sich für Charles, mit allen Konsequenzen und gegen den Rest der Welt.

Da sich der Alkohol bemerkbar machte, beschloss sie, nicht weiter zu trinken und bis zum Green Park zu laufen, um sich wieder in den Griff zu bekommen. Im Park, der ebenso trostlos war wie sie, beschloss sie, am selben Abend abzureisen, anstatt noch eine weitere Nacht unter einem Dach mit Bruder und Mutter zu verbringen. Ohnehin hatte James die alte Dame ganz in Besitz genommen. Er beklagte sich, hätte aber seine Opferrolle mit niemandem tauschen mögen. Cécile dachte an ihre Mutter, die ihr nichts mehr über sie erzählen konnte. Es war zu spät, um Fragen nach ihrer Kindheit zu stellen und endlich ihre Neigung für gelb gestreifte Gardinen, niedrige Decken und Liegeskulpturen zu verstehen.

Cécile kehrte in die Wohnung zurück, packte ihre Tasche und umarmte ihren Bruder, der von einer neuen Ermittlung seines weltgewandten Detektivs in Anspruch genommen war.

»Ich habe ganz vergessen, euch eure Geschenke zu geben«, sagte sie und legte zwei Päckchen auf den Schreibtisch.

Dann verließ sie das Zimmer, um nicht die geheuchelten Entschuldigungen zu hören, die James ihr jedes Jahr servierte, weil er nichts für sie hatte.

Cécile hatte die Tür schon hinter sich geschlossen, als die alte Dame, die auf dem Sofa im Wohnzimmer lag, mit einem Zittern die Augen öffnete.

Im Zug ging Cécile auf den Gang hinaus und rief Charles an. Er antwortete beim ersten Klingeln. Sie überlegte lange, was sie ihm Amüsantes über ihren Aufenthalt in Canary Wharf erzählen könnte. Wenigstens lachte er, als sie ihren Bruder mit einem Zugschaffner verglich.

»Ich bin siebenundfünfzig, Charles«, sagte sie unvermittelt nach einem kurzen Schweigen.

»Ich bin zwei Jahre älter«, entgegnete er sogleich. »Und ich habe nicht vor, mich deshalb aus der Welt zurückzuziehen. Sie gefallen mir, Cécile. Ich pfeife auf Ihr Alter und liege Ihnen zu Füßen.«

Er machte eine Pause, sie hörte ihn herumlaufen.

»Charles? Sind Sie noch dran?«

»Haben Sie keine Lust mehr auf Sex?«, flüsterte er.

Cécile spürte, wie eine weiche Bürste langsam und zärtlich vom Haaransatz bis zum Kreuz über ihren Rücken strich.

»Ich fühle mich sozusagen wie jemand, der nie welchen hatte«, hörte sie sich sagen, und ihr Blick glitt über die von der Geschwindigkeit eingeebnete Landschaft vor dem Zugfenster.

Plötzlich wurde die Verbindung schlecht und das Gespräch brach ab. Cécile blieb einen Moment im Gang stehen, umklammerte ihr Telefon und wartete, dass er sie zurückrief. Aber Charles rief nicht zurück.

14

Am nächsten Tag wurde es wärmer. Der Schnee schmolz in Windeseile, und das Viertel fand über Nacht zu seinen normalen Proportionen, seiner interessanten Hässlichkeit und seinen Grautönen zurück. Ein Zettel am Gitter des kleinen Parks kündigte seine Wiedereröffnung an.

Evas Verschwinden hatte unerwartete Auswirkungen auf das Leben in der Wohnung. Die Bewohner hatten unter ihrem ständigen, wenn auch flüchtigen Blick ein schärferes Bewusstsein ihrer selbst erlangt. Der neugierige und wohlwollende Blick der Fremden hatte ihre Gesten aufgewertet und ihren Worten ein Echo gegeben. Nun, da sie fort war, hatten die Zurückgebliebenen das Gefühl, für nichts in dieser Wohnung zu leben, die ihnen schon nicht mehr gehörte.

Max machte viel Wirbel und verbrachte seine Zeit am Telefon mit der Kurzfilm-Crew. Louise schmollte seit dem Streit im Lieferwagen, kam und ging ohne Erklärung, aß allein in der Stadt, bei Cécile oder nach den anderen in der Küche. Da die Tanzstudios wegen der Feiertage leer waren, verausgabte sie sich allein vor den

Spiegeln. Das Schweigen, das sie sich in der Wohnung auferlegte, verwandelte sich in eine unnatürliche Energie, die sie beim Tanzen bis zur Erschöpfung herausließ. Sie brauchte eine Woche, um die Choreographie ihrer Show zu vollenden und gab sich noch einen Monat, bevor sie ihr Projekt den Direktoren der Zimmertheater vorstellen würde, deren Liste seit Bordeaux bereitlag. Sie musste sich nicht mehr durch die Nächte quälen, sondern fiel ins Bett und schlief sofort ein. Cécile war über Evas Abschied weder überrascht noch traurig. Sie hatte das vage Gefühl, dass ihre Anwesenheit in der Wohnung das Leben ihrer Mitbewohner völlig aus der Bahn geworfen hatte.

In Tschapka und nachtblauem Trapezmantel durchquerte Cécile das Viertel mit schnellem Schritt. Sie war auf dem Weg zu Charles. Nach dem Entsetzen über ihre Figur im Spiegel ihres Schlafzimmers zog sie im Gehen den Bauch ein, der von einem etwas zu engen Kleid noch betont wurde. Sie war besorgt, was sie bei Charles über Charles erfahren würde, und suchte schon jetzt nach denselben Entschuldigungen für ihn, die sie davor schon anderen Singlemännern zugestanden hatte, denn für Cécile, auch darin sehr altmodisch, gehörte das Haus der Frau und nur ihr, Männer waren darin ewige Gäste. Erleichtert und angetan stellte sie fest, dass Charles in einem fröhlichen Durcheinander von Gegenständen und Teppichen lebte, die er von seinen Reisen mitgebracht und so gekonnt in der Wohnung verteilt hatte, dass sie ihr Eleganz verliehen. Er machte tapfer Konversation, aber Cécile ertrug es nicht lange, ihn vor Ungewissheit und Ungeduld fast platzen zu sehen, und half ihm, so gut sie konnte, sich zu entspannen. Sie aßen, fast ohne es zu merken, dann ging alles ganz schnell, und im gedämpften Licht, um das sie halblaut gebeten hatte, fand sich Cécile in Charles' Bett wieder. Er war riesig und ernst und schlief mit ihr, ohne sie einen Augenblick zu vergessen. Dann – wohl als Resultat ebenso geheimer Verhandlungen mit sich selbst wie der ihren im Green Park, dachte Cécile sehr bewegt – verkündete er ihr seine Entscheidung, nur noch für sie leben zu wollen.

Zwei Tage vor Silvester stellte Cécile besorgt fest, dass Max und Raphael es ablehnten, sich um irgendetwas zu kümmern. Aufgeputscht von Charles' Liebe und voller Tatendrang bot sie ihnen ihre Hilfe an. Sie erklärte ihnen, dass der Kostümball in diesem Chaos nicht denkbar sei, und schlug vor, in ihrer Wohnung zu feiern. Die Cousins lehnten dankbar ab. Sie wussten, wie sehr Cécile an ihrer Einrichtung hing, und fürchteten, dass die Barbaren, zu denen sie unter bestimmten Umständen wurden, ihr geliebtes Heim in einen Schweinestall verwandeln würden. Immerhin waren sie bereit, sich von ihr beim Aufräumen helfen zu lassen.

Cécile wollte die Gelegenheit nutzen, um sie zum Reden zu bringen. Beim Wegwerfen, Fegen und Staubsaugen, mit abgewandtem Gesicht und wie nebenbei würde sie leichter Fragen stellen können. Die Atmosphäre zwischen den Männern und Louise war gespannt, aber auch zwischen den Cousins herrschte dicke Luft, und Cécile wollte wissen warum. Sie beschimpften sich wortlos, und ständig lief einer dem anderen hinterher, um zu korrigieren, was der soeben getan hatte. Cécile schnappte sich Max in seinem Zimmer, während er versuchte, einen Haufen Sachen aus dem Wohnzimmer im Kleiderschrank zu verstauen.

»Lass mich mal ran«, sagte sie und schob ihn beiseite. »Kannst du mir sagen, warum du nicht willst, dass ich euch helfe, eine neue Wohnung zu finden, Max?«

An seinem überraschten Gesicht erkannte sie, dass das Problem woanders lag.

»Louise und Raphael werfen mir vor, dass ich Eva vertrieben habe.«

»Das stimmt doch, oder?«

»Kein Stück!«

»Vielleicht hast du es getan, ohne es zu merken.«

»Und warum sollte ich es getan haben?«

Max starrte reglos auf Céciles Lippen. Nachdem ihn Raphael und Louise an den Pranger gestellt hatten, war er für ihre Neutralität bisher sehr dankbar gewesen.

»Ich glaube, du willst wieder allein mit Raphael sein. Jetzt wirst du zusehen, dass du noch Louise in die Flucht schlägst. Eine Frage von Tagen.«

»Das ist doch Quatsch! Es ist mir egal, ob Louise da ist, und Eva hatte ich gern.«

»Aber sie war im Begriff, alles zu zerstören.«

»Wieso?«

»Indem sie dir Raphael wegnahm.«

Max brach in ein teuflisches Lachen aus, Cécile wich zurück. Sie spürte, dass er kurz vor der Explosion stand, war aber entschlossen, nicht lockerzulassen.

»London bekommt Ihnen nicht, Cécile. Sie sind danach jedes Mal etwas mehr von der Rolle«, zischte er.

»Keineswegs. Es geht mir bestens. Und ich stelle fest, dass du Raphael in dieser furchtbaren Wohnung gefangen hältst. Du bist Tag und Nacht unterwegs und behältst ihn für dich, indem du ihn glauben lässt, er sei alles für dich.« Max starrte Cécile an, als wollte er ihr die Augen auskratzen. Sie erinnerte sich an seine Hassattacke in der Küche, fuhr aber fort. »Louise, Eva, sogar ich sind die Welt, die ihn erwartet, und das erträgst du nicht. Leider siehst du nicht, dass er dich ebenso daran hindert zu leben wie du ihn.«

»Schluss!«, brüllte Max. »Ich will nichts mehr hören. Raphael war immer so. Ich habe nichts damit zu tun.«

»Genau das versuche ich dir gerade zu sagen. Aber irgendetwas ist passiert, ich weiß nicht was, vielleicht hat ihn Evas Anwesenheit oder die von Louise ahnen lassen, dass es ein Leben ohne Max gibt. Du wirst es nicht schaffen, ihn hier oder anderswo euer ganzes Leben lang einzusperren. Es wird andere Evas und andere Louises geben, die dich daran hindern werden.«

Max sah Cécile mit scheelem Blick an.

»Sie irren sich, Cécile.«

»Dann rede endlich, Herr im Himmel! Sag mir, was los ist.«

Max hatte sich auf das Bett geworfen, verschränkte die Hände hinter dem Kopf und bot Céciles Blick seinen Körper dar. Sie sah ihn nicht, sondern konzentrierte sich auf sein Gesicht. Ein Moment der Ungewissheit wurde durch das Klirren von zerbrochenem Glas irgendwo in der Wohnung gestört.

»Sag wenigstens Louise, dass du sie nicht liebst. Sie stirbt vor Sehnsucht. Ich lasse nicht zu, dass du das Mädchen kaputtmachst. Begnüg dich mit Raphael.«

Cécile verließ das Zimmer, ohne auf eine Antwort zu warten. Im Wohnzimmer kniete Raphael inmitten zerbrochener Weihnachtskugeln, die er mit einem Handfeger wie in Zeitlupe zusammenkehrte.

Cécile begriff, dass Max stärker war als sie, als ihr Louise am nächsten Morgen strahlend verkündete, sie habe den Abend mit Max verbracht. Sie waren im Kino gewesen, dann hatte er sie ins Restaurant eingeladen. »Das wird was, ganz bestimmt«, sagte sie und warf ihr Haar zurück wie Rita.

Am Abend vor dem Ball kamen unangekündigt die Valettes vorbei. Sie waren angenehm überrascht von der Ordnung in der Wohnung und spazierten von einem Zimmer zum anderen, als sähen sie sie zum ersten Mal. Louise probierte im Badezimmer vor dem Spiegel des Apothekenschranks Lippenstifte aus.

»Das violette Kleid ist wunderbar, aber es ist schwer, die dazu passende Farbe zu finden«, sagte sie. »Ich schwanke zwischen zwei Tönen.«

Die Valettes waren in ihrem Element und bereit zu helfen. Marie-Ange schminkte Louise, ihre Hände waren weich und freundlich. Die beiden Frauen waren bestimmt nicht die bösen Stiefmütter, wie ihr Cécile unbedingt einreden wollte, überlegte sich Louise, und vielleicht konnte eine böse Mutter unter anderen Umständen auch eine gute Mutter sein.

»Machen Sie Fotos?«, fragte Françoise.

»Vom Ball«, ergänzte Marie-Ange.

Plötzlich war Louise zum Heulen. Die Valettes waren nicht eingeladen, und sie hatte nicht mal darüber nachgedacht.

»Sie können doch auch kommen«, wagte sie einen Vorstoß.

»Nein, wir sind nicht eingeladen. Persona non grata! Bittschön«, sagte Marie-Ange und überprüfte ihre Arbeit im Spiegel. »Das Perlmutt hat gefehlt, meinst du nicht, Françoise?«

Françoise bestärkte die Schwester und versicherte, sie hätte dieselbe Wahl getroffen.

»Wir haben sowieso keine Lust zu kommen«, ergänzte sie. »Sie sind uns böse, weil wir die Wohnung verkauft haben.«

Louise überlegte, schaute von einer zur anderen, beide offen und lächelnd.

»Ich bin in Max verliebt.«

Die Schwestern wechselten einen mitleidigen Blick.

»Sie sind entzückend«, sagte Marie-Ange, bevor sie, gefolgt von ihrer Schwester, das Bad verließ.

Max, Louise und Raphael, den sie hatten überreden müssen, aßen in einem Restaurant in der Nähe zu Abend. Als sie nach Hause kamen, trafen sie Cécile, die zum ersten Mal, seit sie sie kannten, in Begleitung war. Neben ihr stand ein rothaariger, breitschultriger Riese, übersät mit Sommersprossen, so wie sie. Dieser Mann lebt wie in Liliput, sagte sich Max, der plötzlich auf Zwergengröße geschrumpft war. Cécile, neben ihm rosig wie eine Blume, stellte sie einander vor, dann verschwanden sie rasch. Max und Raphael fragten sich, wo sie diesen Rugbyspieler im Zweireiher aufgetrieben hatte, der die Welt überragte und sich hinunterbeugen musste, um die anderen zu hören. Sie kommentierten die erstaunliche Begegnung mit ein paar Sätzen, dann verstummten sie, erfasst von flüchtiger Wehmut bei dem Gedanken an die vertraute Cécile, die unverhofft einer Unbekannten das Feld geräumt hatte. Louise zog sich ohne ein Wort in ihr Zimmer zurück. Unablässig hatte sie das Bild von Cécile vor Augen, wie sie das Haus am Arm von Charles Danglars verließ, der sie unter dem weiten Mantel streichelte. Sie hatte sich für Cécile einen Intellektuellen vorgestellt, schlau und distanziert, das Gegenteil des vor Manneskraft strotzenden Muskelpakets, schön wie ein Seemann, den sie ihnen soeben vorgestellt hatte. Schließlich beschloss sie, dass dieser Mann ein idealer, wohlwollender und großzügiger Schwiegervater sein würde.

15

Früh aufgewacht und voller Energie, freuten sich alle, einander wiederzusehen. Max, darin war er besonders gut, ließ gegenüber Cécile nicht den geringsten Groll wegen ihres Streits erkennen. Und Louise hatte endlich ihren fröhlichen Dauermonolog wieder aufgenommen. Am späten Nachmittag drapierte Cécile die Canapés wie ein Damespielbrett auf den Tabletts, als James auf ihrem Mobiltelefon anrief. Max und Raphael begriffen sofort. Sie legte auf, ordnete mechanisch weiter abwechselnd rote, schwarze, rote, schwarze Canapés, dann brach sie in Tränen aus und sank auf einen Stuhl.

»Sie ist vor einer Stunde gestorben. Sie hat sich verschluckt und ist erstickt. James konnte nichts tun.«

»Sie müssen heute Abend nicht hier bleiben«, sagte Raphael freundlich. »Sollen wir Charles anrufen?«

»Nein, das mache ich selbst. Ich bin traurig. Gib mir etwas zu trinken, Max.«

Er holte eine Flasche Gin aus dem Gefrierschrank. Cécile leerte in drei Schlucken ein Wasserglas.

»Sie hieß Edmonda«, erzählte sie und wischte die Tränen weg. »Ein komischer Name, sogar in England.

Er passte zu ihr. Sie war eine schwierige Frau, aber immer sie selbst. Kinder mögen keine Erwachsenen, die zwei Gesichter haben, wisst ihr? Bei meiner Mutter wusste man immer, woran man war.« Cécile seufzte und starrte zur Decke. »Die Frau, die eben gestorben ist, war nicht mehr meine Mutter. Es war, als hätte eine andere ihren Körper und ihren Geist besetzt. Eine Albtraumpuppe in psychedelischem Gewand.«

Cécile verbarg ihr Gesicht in den Händen. Sie bat die Männer, sie allein zu lassen, und die Küchentür blieb eine Stunde lang geschlossen. Als Cécile herauskam, hatte sie ihr Lächeln und ihren Schwung wiedergefunden. Sie schwankte etwas, aber ihre Energie war unvermindert.

Unter Berufung auf das zu kleine Bad der Valettes fragte Louise Cécile, ob sie sich bei ihr schönmachen dürfe. Von Max hatte sie den Auftrag erhalten, Cécile bis zur Ankunft von Charles nicht allein zu lassen.

Wie ein Kind, das zum Spielen bei den Nachbarn eingeladen ist, zog Louise in der Diele die Schuhe aus und setzte sich ganz an den Rand des Sofas, nachdem sie die Kissen glattgeklopft hatte.

»Ich war bei Eva«, sagte sie nach kurzem Zögern.

»Wie?«, fragte Cécile verblüfft.

»Ich war gestern bei ihr, ganz spontan.«

»Und warum?«

»Weil ich wollte, dass sie heute kommt. Ich wollte ihr sagen, dass wir auf sie warten. Sie fehlt mir ein bisschen.«

»Aha!«, kommentierte Cécile trocken. »Und?«

»Und ich habe endlich begriffen, was Raphael immer über cremefarbene Salons erzählt. Na ja, sie war nicht da, aber ihr Mann hat mich hereingebeten. Er hat mir Fragen gestellt und wollte wissen, wo ich Eva kennengelernt habe. Ich habe ihm gesagt, dass sie ihm das selbst erzählen muss. Ich habe nichts verraten. Er war sehr nervös und hat versucht, sich nichts anmerken zu lassen. Ich habe ihre Kinder gesehen. Eva hat zwei Kinder, Cécile! Zwei kleine Jungs, genauso blass wie sie, die mich besorgt angesehen haben. Ich hatte das Gefühl, dass sie abgeschottet von der Welt großgezogen werden. Wie konnte Eva bei uns wohnen, ohne sich nach ihnen zu erkundigen?«

»Sie dachte wohl, dass ihre Kleinen in guten Händen sind. Wie die Nippes, die man entstaubt, oder Vorhänge, die man morgens auf- und abends zuzieht. Ihre Kinder gehören zum Inventar, wie alles andere.«

»Jedenfalls hat mir ihr Mann kaum ›Auf Wiedersehen‹ gesagt. Aber als unten die Fahrstuhltür aufging, stand er plötzlich wieder vor mir, und ich hatte richtig Angst.«

»Oh! Sie haben hoffentlich nichts gesagt.«

»Nein!«, antwortete Louise gereizt. »Lassen Sie mich doch fertig erzählen. Er hat mir verraten, dass er seit zwei Wochen nichts von Eva gehört hat, da habe ich begriffen, dass sie gar nicht nach Hause zurückgekehrt ist.«

Cécile und Louise schwiegen. Über ihnen trafen die ersten Gäste ein. Louise zog das Kleid aus der Hülle und fragte Cécile, wo sie sich umziehen könne.

»Ich glaube, ich komme nicht hoch«, sagte Cécile.

»Warum nicht?«, fragte Louise.

»Ich bin in Trauer!«

Louise setzte eine angemessene Miene auf.

»Ich verstehe Sie gut, aber was hilft das? Ziehen Sie sich erst mal um, dann sehen wir weiter.«

Louise traute sich nicht, das einzige ihr bekannte Zitat anzubringen, das jetzt hervorragend gepasst hätte. *Wenn alles zu Ende ist, fängt alles an.* Cécile war niemandes Tochter mehr, und vielleicht war das doch eine gute Nachricht.

Sie begleitete sie in ihr Zimmer, holte das Zwanziger-Jahre-Kleid und die Accessoires aus dem Schrank. Cécile roch kräftig nach Gin. Louise ging duschen und empfahl ihr, das Gleiche zu tun, um »wieder in Schwung zu kommen«.

Dann standen sie im Schlafzimmer. Louise trug ihr eng anliegendes violettes Kleid und versuchte vor dem Spiegel, das Make-up von Marie-Ange zu reproduzieren. Cécile saß im Morgenmantel auf dem Bett und sah ihr zu.

»Eigentlich weiß ich nicht viel über Sie«, sagte sie.

»Ehrlich gesagt habe ich schnell begriffen, dass man bei Max, Raphael und Ihnen was drauf haben muss. Mein früheres Leben ist viel zu banal für euch.«

Das versetzte Cécile einen Stich. Louise hatte recht. Sie waren unmögliche Menschen! Ihr Egoismus ließ sie erstarren.

»Und Sie, Cécile?«

»Was, ich?«

»Warum trinken Sie so viel? Ich hasse das. Das macht Sie vulgär, das sind nicht mehr Sie.«

»Meine liebe Louise, Sie bilden sich hoffentlich nicht ein, dass ich auf meine Ginflasche verzichte, nur um Ihnen eine Freude zu machen! Ich trinke, Sie tanzen, um sich zu betäuben, Raphaels Droge sind die Erinnerungen, Eva berauscht sich unaufhörlich an ihrem Ego. Die Valettes hypnotisieren sich gegenseitig, und Max macht alles auf einmal. Kommen Sie, wir sind schließlich alle Sklaven von irgendwas. Ich trinke, um meinem anderen Ich etwas Raum zu geben, das den ganzen Tag in mir schlummert und sich auch mal äußern will. Wir sind alle vulgär, wenn wir wirklich wir selbst sind. Und dieser Lippenstift ist auch vulgär. Zu rot. Das steht Ihnen nicht.«

Louise betrachtete sich im Spiegel, drehte den Kopf zur Seite und machte einen Kussmund, dann wischte sie sich die dicke knallrote Schicht mit einem Kleenex ab.

Sie verstand nicht, was Cécile gesagt hatte. Sie wollte etwas anderes, eine andere Vertrautheit, wie sie zwischen Frauen entsteht, aber Cécile musste immer alles abstrahieren. Sie liebte das Gefühl, Cécile die Ideen. Louise würde kämpfen, um sie auf ihre Seite zu ziehen, weil die alternde Frau offenbar nicht merkte, wie nötig sie das hatte. Sie probierte zwei, drei andere Lippenstifte aus.

Cécile schaute zur Decke und dachte an ihre Mutter, die keine Zeit mehr gehabt hatte, Charles kennenzulernen. Sie hätte sich gefreut, wenn ihre Tochter, wie sie selbst, einen Franzosen geheiratet hätte. Cécile war nicht die ideale Tochter gewesen, von der Edmonda geträumt hatte. Auch James hatte sich nicht dem Ehrgeiz der armen Frau unterworfen, die es gewiss nicht geschätzt hätte, ihn als Bahnhofsvorsteher in einer unangenehm modernen Wohnung in Canary Wharf enden zu sehen, wenn sie noch bei Verstand gewesen wäre. Cécile fröstelte.

»Fertig!«, sagte Louise und drehte sich um.

Louise war ganz zufrieden mit ihrem Auftritt. Das Kleid der Valettes hatte bei den Unbekannten, die sich im Wohnzimmer drängten, einen phänomenalen Erfolg. Max plauderte als Operettensamurai in einem mit Meeresfrüchten bestickten Kimono mit einer Marquise in blassblauem Kleid, das mit Rosenknospen übersät war. Raphael war nicht da. Sie ging durch die Wohnung, fand ihn nirgends, öffnete die Balkontür. Der Harlekin in vielfarbigem Samtgewand träumte auf seiner Bank, als wäre er gerade einer Zeitmaschine entstiegen.

Eine Riesin in Bloomers und Korsett aus Vichyspitze bat sie um Feuer. Louise sah sich begeistert um. Alle in der Wohnung, die sie sich ganz selbstverständlich angeeignet hatten, sahen so aus, als wären sie jedes Wochenende zu einem Kostümball eingeladen. Ein Mädchen, das ganz auf seine weiße Perücke setzte, auf der ein Segelboot schwamm, begann zu den dröhnenden Elektrobeats zu tanzen, andere folgten ihrem Beispiel.

»Tanzt du nicht?«, flüsterte Max ihr ins Ohr.

»Später.«

»Du siehst phantastisch aus. Weißt du, ob Rita je mit James Mason in einem Film gespielt hat?«

»Ich glaube nicht. Ehrlich gesagt weiß ich es nicht.«

Ja, sagte sie sich, man muss was drauf haben. Sie hätte es wissen müssen, das war das Mindeste. Max war schon weg, gefolgt von einer Blondine, deren Kostüm aus zwei Solarpaneelen bestand. Die Nacht würde lang werden, so lang wie ein Leben, mit seinen Höhen und Tiefen, seinen Krisen und seinem Ende. Ein Punk fragte Louise, ob sie Champagner wolle, und holte zwei Gläser. Es war Max' Sprayerkumpel, der sie fragte, ob sie den Vogel Strauß in der Rue de Saintonge gesehen habe.

»Ein Gemetzel«, sagte er bewundernd und ließ seinen Irokesen wogen. »Ich bewundere den Jungen. Früher oder später wird Max vom Dach fallen und sich sämtliche Knochen brechen. An dem Tag«, verkündete er und kam Louise bedrohlich nah, »wird die Welt einen großen Künstler verlieren.«

Der Kerl war blau, und sie überließ ihn einer Chinesin in Latex, die sich ziemlich allein zu fühlen schien. Dann bahnte sie sich einen Weg zur Küche, wo Cécile, unterstützt von einem Braunbären, das Kommando führte.

»Raphael sitzt allein draußen«, sagte Louise.

»Nein, er ist gerade hochgekommen, ich habe ihn eben gesehen.« Cécile machte eine Geste, die die ganze Wohnung einschloss. »Das ist Théo.«

Der Bär sagte unter seinem Fellkopf etwas Unverständliches.

»Théo, das ist Louise. Louise-Rita genauer gesagt. Sie ist Tänzerin. Und Sie, Théo, was machen Sie so?«

Er erzählte, dass er Beleuchter sei.

Louise sah zu, wie Cécile gleichzeitig rauchte, trank und Toasts mit Butter bestrich. Das Valette-Kleid hatte schon ein paar Mayonnaiseflecken abbekommen, und

Cécile hatte es nicht für nötig gehalten, ihre blauen Satinhandschuhe auszuziehen, um die Anchovispaste zu verteilen. Ihren Bewegungen war die Trunkenheit anzumerken, aber Louise ahnte, dass man sie gewähren lassen musste. Ein Emir fragte, wo die Toiletten seien, dann schmiegte sich das Solarpaneelmädchen so gut es ging an den Braunbären. Louise empfahl Cécile, eine Runde zu drehen und sich umzusehen, die Kostüme waren es wert.

Im Wohnzimmer fand Louise Raphael allein neben dem Büffet.

»Komm«, sagte sie und nahm seine Hand.

Sie nötigte ihn, sich neben sie auf das Sofa zu setzen.

»Max findet, dass Kostümbälle so interessant sind, weil sich alle die Verkleidung aussuchen, die sie bloßstellt«, sagte er.

»Und was bedeutet es, wenn man sich als Solarpaneel verkleidet?«

Raphael lachte.

»Keine Ahnung, frag Max.«

»Das Mädchen im Brautkleid ist einfach, aber der Fliegenpilz?«

»Er träumt davon, giftig zu sein.«

»Und du, als was bist du verkleidet? Als Harlekin?«

»Ich bin Pasquin aus *Das Spiel von Liebe und Zufall*«. Das ist das Lieblingskostüm der Valettes.«

»*Das Spiel von Liebe und Zufall*«, wiederholte Louise versonnen.

Ein Taucher im Neoprenanzug stolperte über sie, nahm die Maske ab und entschuldigte sich. Dann erspähte Louise Max, der von einigen Tänzern halb verdeckt war und immer noch von der ärgerlichen Marquise belagert wurde. Sie fragte Raphael, wer die Frau sei.

»Die Kostümbildnerin des Kurzfilms, glaube ich.«

Louise machte sich weiter keine Gedanken, denn seit dem Beginn des Festes schien Max einen unsichtbaren Faden zwischen ihr und sich zu spannen. Sobald sie den Kopf drehte, war er da, immer etwas auf Abstand, und beobachtete sie. Ihr Herz raste vor Glück bei der Aussicht, ihn zu berühren. Raphael sagte, er habe Cécile noch nicht gesehen.

»Sie bestreicht begeistert Buttertoasts«, verriet Louise lachend.

Raphael fand das nicht lustig, er hatte auf der Parkbank lange an die Nachbarin und ihre tote Mutter gedacht. Max kam auf ihn zu, und er fand ihn unerträglich schön in seinem Samuraigewand.

»Alles okay?«, fragte Max. »Langweilst du dich?«

»Nein.«

»Amüsier dich, Raphael. Sonst wirft man mir wieder vor, ich hindere dich am Leben.«

»Wer sagt das?«

»Leute. Hast du Bréguet und seine Gattin gesehen?«

»Nein.«

Max zeigte Raphael zwei edle Ägypter, Echnaton und Nofretete in Prachtgewändern.

Bréguet hörte ihr Lachen und kam hektisch angerannt.

»Erinnerst du dich an meinen Cousin?«, fragte Max.

»Raphael! Stimmt's?«

Sie schüttelten sich die Hand.

»Wer bist du denn?«, fragte Bréguet und rückte die

schlecht befestigte Tiara auf seinem dicken Kopf zurecht.

»Pasquin.«

Bréguet verzog ratlos das Gesicht.

»Immer noch das Gleiche mit den Cousins, was?«, kommentierte er. »Immer dicht dran, aber nie ganz da.« Seine Frau war ihm gefolgt. Er stellte sie vor. »Max und Raphael sind Cousins. Ihre Mütter glichen einander wie ein Ei dem anderen. Niemand wusste, wer der Sohn von wem ist.«

Bréguets Frau starrte sie seltsam an. Sicher wusste sie über den Streit zwischen ihrem Mann und Max Bescheid. Den Cousins kam es vor, als hätte sie auch die Nase voll von Bréguet Pascal. Bald hatten sie sich nichts mehr zu sagen, und das Pharaonenpaar schritt zum Tanz.

»So ein Schwachkopf!«, seufzte Max.

»Warum ist er eigentlich gekommen? Er hasst dich, das sieht man auf den ersten Blick.«

»Der Kerl klebt an mir wie ein eifersüchtiger Ehemann. Egal, ich gehe mal Cécile helfen. Charles müsste doch schon da sein«, ergänzte er mit einem Blick auf die Uhr. »Wir müssen sie aus der Küche rausholen. Glaubst du, ich kann sie auffordern?«

»Dann müssen wir erst mal andere Musik auflegen.«

Max streckte sich in seinem Kabukikostüm.

»Cécile, Cécile!«, trällerte er, als er die Küche betrat.

Sie saß neben seinem Punker-Kumpel, der sich nicht die Mühe gemacht hatte, sich eine Verkleidung auszudenken, und wirkte ziemlich betrunken, bemühte sich aber um Haltung. Bei diesem Spiel hatte sie Max lange geschlagen und sich so trinkfest wie eine Irin gezeigt. In letzter Zeit verlor sie aber Punkte, worüber er sich nicht freute.

»Ich habe deinem Freund gerade erzählt, dass Joseph Conrad nicht schwimmen konnte. Er glaubt mir nicht. Sag ihm, dass ich mich niemals irre, Max. Sag es ihm!«

Cécile nahm ihm die Champagnerflasche aus der Hand und goss sich ein Glas ein. Max bemerkte rote und schwarze Kaviarkörner zwischen ihren Zähnen, die ihr ein ungepflegtes Aussehen gaben.

»O Gott! Es ist so schwer, sich verständlich zu machen«, verkündete sie nachdenklich.

»Kommen Sie tanzen, Cécile.«

»Tanzen? Das ist nicht dein Ernst, mein Freund. Ich kann nicht tanzen. Ich bin in Trauer!«

Max und der Punk wechselten einen verblüfften Blick. Cécile war viel betrunkener, als es den Anschein hatte, und vielleicht war tanzen wirklich keine gute Idee.

»Meine Mutter ist gestorben«, erklärte sie dem Punk. »Arme Frau. Ich muss James verbieten, sie mit zweifarbigen Schuhen zu begraben.«

»Ich geh dann mal«, sagte der Punk und stand auf.

»Komm her«, befahl Cécile Max und zeigte auf einen Stuhl. »Sag mal, dein Kumpel hat aber nicht gerade das Pulver erfunden.«

Max lachte bei dem Gedanken, dass Richard das »Pulver« vielleicht nicht erfunden hatte, aber immer wusste, wo man es fand und was man damit machte.

»Was ist das?«, fragte er mit einem Blick auf Céciles Kleid.

»Mayonnaise«, sagte sie und schielte nach ihrem Dekolleté. »Hast du dir das mit der Wohnung überlegt?«

»Ja, und ich glaube nicht, dass es eine gute Idee ist.«

Céciles Gesicht erstarrte. Max fürchtete einen Moment, sie werde über dem Tisch zusammensinken.

»Ich möchte Ihnen etwas sehr Wichtiges sagen.« Er griff nach Céciles Händen.

Da öffnete sich die Tür und Charles kam herein. Cécile lachte hysterisch auf.

»Charles, ich liebe dich!«, kreischte sie. »Du bist wunderbar.«

Charles, in ein Pilotenkostüm gezwängt, das er von einem Freund geborgt hatte, war perplex und konnte Céciles Fröhlichkeit nicht mit dem Tod ihrer Mutter zusammenbringen, von dem sie ihm am Telefon erzählt hatte. Zwar zweifelte er seit ihrer ersten Begegnung nicht daran, dass sie die Frau seines Lebens war, aber er hatte ebenso schnell begriffen, dass Cécile von all seinen Reisen die gefährlichste sein würde. Und warum hielt dieser junge Mann ihre Hand?

»Wie fühlst du dich?«, fragte er und kam auf sie zu.

»Es geht«, sagte sie, ernst geworden, mit traurigem Lächeln.

»Ich möchte gern mit Cécile sprechen. Ich gebe sie Ihnen gleich zurück«, sagte Max etwas verlegen.

Charles zögerte eine Sekunde lang, dann ging er wortlos hinaus.

»Habe ich ihn verärgert?«, fragte Max.

»Ja. Also mach schnell.«

»Sie haben mir vorgestern Vorwürfe gemacht, das wissen Sie noch.«

»Oh! *Forget it!* Wenn ich nüchtern bin, rede ich nur Unsinn.«

»Nein, nein! Sie hatten nicht ganz unrecht.« Er zögerte. »Alles hat einen Sinn, das wissen Sie besser als jeder andere. Wir werden von unseren Erinnerungen gelenkt und produzieren jeden Tag neue, die uns umgeben wie Festungsmauern. Verstehen Sie, was ich meine?«

»Du meinst die Erinnerungen, mit denen euch die beiden verrückten Alten quälen?«

»Sie sind schrecklich, das stimmt, und sie sind unsere Feinde. Aber in einem waren sie fair. Sie haben uns nie getrennt.«

»Haben sie euch damit einen Gefallen getan? Daran zweifle ich manchmal. Und warum sollten sie euch auch getrennt haben? Das Doppelte ist doch ihre Natur.«

»Vielleicht, Cécile. Aber sie haben nie miteinander geschlafen«, sagte Max und senkte den Blick.

Cécile spürte, wie grenzenlose, eisige Müdigkeit auf sie herabsank.

»Ich verstehe nicht, was du sagst, Max. Bitte lass mich das Tablett fertigmachen.«

Cécile holte Minipizzas aus dem Ofen und verteilte sie eifrig auf einem Teller. Jemand kam in die Küche, sie bat ihn, einen Moment zu warten und den vollen Teller mitzunehmen.

»Wer sind Sie?«, fragte sie den jungen Mann in Caban-Jacke mit Epauletten und goldenen Knöpfen.

»Kapitän Nemo«, antwortete er beleidigt.

Ein Blonder in Boubou fragte, ob noch Champagner da sei.

»In der Badewanne, zweite Tür rechts im Flur«, sagte Cécile geschäftig.

Kapitän Nemo verschwand mit zwei Tellern Pizza. Cécile sah Max seufzend an. Resigniert setzte sie sich ihm gegenüber.

»Ich hatte einen schweren Tag, Max. Vergiss nicht, dass ich meine Mutter verloren habe. Jetzt bin ich als Nächste an der Reihe, verstehst du?«

Serena Williams stürmte herein und fragte nach einem Lappen. Cécile wies mit einer Kopfbewegung zur Spüle.

»Schließen Sie die Tür hinter sich«, sagte sie, und als sie endlich allein waren: »Ich höre, Max.«

»Es ist passiert und Schluss.«

»Ich verstehe nicht, was du sagst.« Cécile presste die Lippen aufeinander und wackelte mit dem Kopf. Sie legte die Hand auf Max' Schulter. »Ich glaube, ich habe auch keine große Lust, es zu erfahren.«

»Aber ich muss es Ihnen sagen!«

»Max, ihr habt nicht miteinander geschlafen, nein?«, fragte sie, während sie mit dem Finger eifrig über die Karolinien des Wachstuchs fuhr. Innerlich schrie sie nach Charles, der ihr unverzüglich zu Hilfe kommen sollte.

»Doch. Oft.«

»Wie furchtbar!«, flüsterte sie. »Warum habt ihr das gemacht? Ihr seid Cousins, ihr seid wie Brüder.«

»Das schockiert Sie. Ja, zwangsläufig schockiert Sie das.«

»Ich bin nicht schockiert, ich bin am Boden zerstört. Warum?«, fragte sie.

»Raphael wollte es. Er wollte es schon lange, und irgendwann habe ich ja gesagt.«

»Wie alt wart ihr?«

»Siebzehn, achtzehn. Eines Tages wollte ich nicht mehr, dann ist es nie mehr passiert. Können Sie verstehen, dass ich es für ihn getan habe? Und dass es mir große Lust bereitet hat, ihm Lust zu bereiten?«

Cécile wandte das Gesicht ab.

»Sei still, Max, das geht mich nichts an.«

»Nein! Ich will Ihnen alles sagen. Raphael ist das Liebste, was ich habe. Aber ich kann ihm nicht geben, was er von mir verlangt, weil es mich erstickt. Jeden Tag, Cécile, jeden Tag frage ich mich, wer ich bin und was ich will.«

»Herr im Himmel!«, rief Cécile. »Es gibt Dinge, die man sich versagen muss, weil sie gefährlich sind. Wissen die Valettes davon?«

»Wir haben mit niemandem darüber gesprochen, aber die Valettes haben es erraten. Sie haben keine Beweise und quälen uns seit Jahren mit Andeutungen. Cécile, es ist uns scheißegal, ob sie es wissen oder nicht. Ich habe es Ihnen erzählt, damit Sie begreifen, dass ich kein Arschloch bin. Und dass ich, wenn ich doch eins sein sollte, teuer dafür bezahle. Raphael kennt das Leben nicht. Er kümmert sich um nichts mehr, und ich kann ihn nicht allein lassen. Ich hätte gern den Verkauf der Wohnung genutzt, um wegzugehen, aber es ist unmöglich. Und so wird es bis ans Ende meiner Tage bleiben.« Max schwieg einen Moment. »Wenn er lebt, lebe ich. Wenn er stirbt, sterbe ich.«

»Nein!«, widersprach sie ihm. »Wenn er stirbt, lebst

du! Schlecht, aber du lebst. Es ist sein Drama. Du wirst es immer irgendwie schaffen.« Sie starrte Max hart an, dann wurde ihr Blick weicher. »Ich glaube nicht, dass du ein Arschloch bist, Max. Irgendwie bleibst du ein Geheimnis. Auf jeden Fall ändert das, was du mir gerade erzählt hast, nichts an meiner Zuneigung.«

Cécile log. Erschreckende und abstoßende Bilder schwirrten ihr durch den Kopf. Max und Raphael in einem Bett. Max' magerer Körper, den sie oft halbnackt in der Wohnung gesehen hatte. Raphaels schöne Hände auf der weißen Haut seines Cousins. Sie erschauerte und wandte den Kopf ab, um ihr Entsetzen zu verbergen, dann sagte sie sich, dass sie es immer gewusst hatte.

Max stand mühsam auf. Cécile sah ihn aus dem Raum gehen und spürte seine Enttäuschung. Er war gekommen, um ihren Segen zu erhalten oder wenigstens einen Rat, aber bekommen hatte er nur die empörten Schreie einer verschreckten alten Gans.

»Auf dein Wohl, Max! Ich hab dich trotzdem gern«, sagte sie und hob ihr Champagnerglas.

Sie stellte das leere Glas ab, verzog das Gesicht und sagte sich, dass es weit Schlimmeres gab als ihren Tod oder den ihrer Mutter. Es gab das Leben von Max und Raphael.

»Eva ist da!« Louise kam in die Küche gestürzt und packte Cécile am Arm, um sie mitzuziehen. »Mit einem jungen Mann! Scheiße! Cécile! Kommen Sie schon! Sie werden doch nicht den ganzen Abend in der Küche sitzen.«

Cécile, ermattet vom Alkohol und von Max' Geständnissen, hatte Mühe aufzustehen. Sie folgte Louise ins Wohnzimmer und brauchte eine Weile, um zu begreifen, was sie sah. Ein Menschenmeer in einem von Elektrovibrationen und Zigarettenrauch gesättigten Raum. Die Musik war höllisch, und alle tanzten. Ein Kostüm war verrückter als das andere. Eine Marquise, mehr breit als hoch, zuckte frenetisch und zog sich die Perücke ab, ein Taucher tanzte in seinen Flossen, und der Bär wiegte sich mit einem Mädchen in Slip und Spitzenkorsett. Menschen, Tiere und Pflanzen drängten sich lachend aneinander, alle unterwarfen sich anmutig ihren Kostümen. Sie grölten englische Hymnen, von denen Cécile kein einziges Wort verstand. Von weitem sah sie Charles, der alle anderen um einen Kopf und mindestens zwei Jahrzehnte überragte. Der Fliegenpilz forderte sie zum Tanzen auf. Sie lehnte freundlich ab.

Eva lehnte in der Pose eines Gauners an der Wand und betrachtete die Anwesenden amüsiert. Sie trug einen weißen Smoking mit Satinkragen und ein Hemd mit Spitzenjabot. Selbst hier, wo jeder in Kauf nimmt, sich lächerlich zu machen, lässt sich Eva nicht dazu herab, sich infrage zu stellen, dachte Cécile bitter. Hinter dem Schleier ihrer Makellosigkeit, zurückgezogen wie immer und schöner als alle anderen, sprach sie einem jungen Mann ins Ohr, der ihr ähnlich sah.

Eva sah Cécile und Louise, winkte und drängte sich durch die Menge zu ihnen. Die vergangenen Tage und die plötzliche Distanz hatten eine gewisse Gehemmtheit zwischen den drei Frauen entstehen lassen. Evas zarte Stimme war im Stimmengewirr kaum zu hören.

»Wo sind Max und Raphael?«, fragte sie.

»Max tanzt, und Raphael sehe ich auf dem Balkon, wenn ich mich nicht irre.«

»Was für ein wunderbarer Abend!«, sagte Eva. »Das ist Alpo. Alpo, das sind Cécile und Louise.« Der junge Mann grüßte sie mit einem Nicken und lachte Eva an. »Tanzen Sie nicht?«

»Nein, ich bin in Trauer«, sagte Cécile. »Meine Mutter ist gestorben.«

Eva musterte sie ohne Freundlichkeit. Die beiden Frauen starrten sich an wie vor einer Beute, die sie nicht teilen wollten.

Louise wollte tanzen und zog Eva und ihren Begleiter mit.

Cécile musste ihre Gedanken sortieren und ging in die Küche zurück. Nach der Wut und dem Entsetzen, die Max' Geständnis ausgelöst hatten, spürte sie, dass man das Problem auch anders angehen konnte, aber dazu musste sie sich zusammenreißen und sich selbst ins Gesicht schauen. In den letzten dreißig Jahren hatte sie in ihrer Welt, der Literatur, eine ganze Reihe von Kröten geschluckt, viel schlimmer als das, was sie soeben gehört hatte, und ohne sich darüber aufzuregen. Sie dachte an ihre Lieblingsschriftsteller Thackeray, Forster oder Wilde. An die Bloomsbury Group, die sich in den Betten mischte, Männer mit Männern, Frauen mit Frauen, Brüder und Cousins. Im Hörsaal sprach sie, ohne zu stottern oder zu erröten, von Lawrence' Helden, die mit Frauen schliefen und dabei von anderen Männern träumten. Sie ließ ihre Studenten Geschichten lesen, die voll waren von Prälaten in Mädchengewand, Geißlern und Gegeißelten, von grausamen Faunen und Voyeuren. In der Literatur gab es alle denkbaren Kombinationen, sie hatte aus ihr geschöpft, ohne über ihre mögliche Amoralität nachzudenken. Aber woher sollte das alles kommen, wenn nicht aus dem wahren Leben, in das sie soeben einen Einblick erhalten hatte und das sie akzeptieren musste? Verblüfft über die plötzliche Entdeckung ihrer Widersprüche und die Strenge ihres Urteils, sagte sie sich, dass sie überhaupt kein Recht habe, Max und Raphael zu verurteilen.

»Träumst du?«, fragte Charles, der unbemerkt in die Küche gekommen war.

Cécile erzählte ihm von ihrem Gespräch mit Max.

»Was hältst du davon?«, fragte sie. Charles lehnte am Kühlschrank und sah sie besorgt an.

»Was hinter der geschlossenen Schlafzimmertür zwischen zwei Menschen geschieht, die sich lieben, lässt sich nicht mit dem Rest der Welt verhandeln, Cécile, egal, welche Schmerzen sie sich damit zufügen. Wenn Max die Kraft aufgebracht hat, auf dich zuzugehen, solltest du ihm ebenso weit entgegenkommen.«

»Du hast recht. Ich habe mich in ihm getäuscht. Eigentlich ist Max ein verzweifelter Scheinrebell, der in Schuldgefühlen ertrinkt, während Raphael am Warten zugrunde geht.«

Cécile spürte, wie ein innerer Frieden sanft ihr Herz umschloss. Seufzend vor Wonne legte sie die nackten Füße auf die Stuhllehne und betrachtete ihren schönen Piloten, der sie aufmunternd anlächelte. Am Nachmittag hatten sie am Telefon über die Möglichkeit eines gemeinsamen Lebens gesprochen. Charles verstand ihre Vorbehalte nicht. Nach der Euphorie des Neuen und nachdem sie die Hürde ihres Körpers überwunden hatte, hatte Cécile nochmal nachgerechnet und den Wert ihrer sakrosankten Freiheit nach oben korrigiert. Sie hatte ihn gefragt, warum er es so eilig habe. »Warum nicht?«, hatte er geantwortet. »In unserem Alter irrt man sich nicht mehr.« Inmitten des Küchenchaos genoss Cécile seinen eindringlichen, zärtlichen und vertrauensvollen Blick. Eigentlich hatte er recht. Mit zwanzig träumt man davon, was man am anderen ändern will, mit fünfzig ist man für all das mit ihm zusammen, was er ist. Auch der Tod ihrer Mutter hatte ihre Gewissheiten erschüttert.

»Gehen wir?«, fragte sie und stand auf.

Eva schlängelte sich wie ein Albino-Aal durch Tiere, Marquisen und Pflanzen und schob sanft einen wild schaukelnden Hirschkopf beiseite, dessen Geweih sich in ihrem Haar verfangen hatte.

»Hat Ihnen jemand Ihre Bank gestohlen?«, fragte sie, als sie auf den Balkon trat.

Raphael rauchte und starrte auf den Park. Dann drehte er sich langsam um und musterte den jungen, elfengleich schwebenden Mann, der Eva gefolgt war.

»Das ist Alpo.« Eva musterte Raphael von Kopf bis Fuß. »Sie sind schön«, sagte sie. »Ich freue mich, Sie wiederzusehen.« Sie drehte sich um, schloss lächelnd die Augen und atmete die eisige Nachtluft ein wie ein köstliches Aroma. Max hatte recht. Inmitten der verrückten Kostüme kam man sich vor wie im Märchen.

»Und als was gehen Sie?«, fragte Raphael und dachte an Gatsby.

»Na, als Mann!« Sie lachte. »Sieht man das nicht?«

Max kam auf den Balkon geschossen. Nachdem er Eva umarmt hatte, schaute er lange Alpo an. Im Wohnzimmer wurde es lauter, dann brach allgemeines Geschrei los. Mitternacht. Mit viel Lärm und wildem Hupen kippte man ins neue Jahr. In einer Sekunde war es geschehen. Eva umarmte Max und Raphael wortlos, geradezu feierlich. Dann kehrte sie mit Alpo ins Wohnzimmer zurück.

Als sie allein auf dem Balkon waren, begann Max mit gesenktem Kopf, den Blick auf seine Füße gerichtet, um Raphael zu kreisen. So weit ihn seine Erinnerung zurücktrug, hatte Raphael Max immer um sich kreisen und auf seine Füße starren sehen, bevor er ihm ein neues Spiel mit unmöglichen Regeln präsentierte. Er wollte ihn gerade fragen, was er aushecke, als Max sein Gesicht packte und ihn wild küsste. Raphael spürte in dem Kuss den hinterrücks verpassten Dolchstoß, den rasenden Wahnsinn, der sich nur gegen ihn richtete.

»Zum Teufel mit dir!«, brüllte er und stieß ihn heftig von sich.

Nachdem Charles und Cécile diskret verschwunden waren, übernahm Max mit Louise den Küchendienst. Sie redete, um das Schweigen zu füllen, auf das sich Max versteifte, dessen Gesicht zuckte und der übelster

Laune war. Verloren in seinem valettesken Kimono, der ihm etwas zu groß war, wirkte er verzweifelter denn je.

Nach Mitternacht nahm das Fest eine geradezu barbarische Wendung. Man begegnete Riesinnen in Bloomers mit Hirschkopf, weinenden Nofretetes, Stapeln von Solarpaneelen neben der Toilettentür, einem Taucher in Tutu und einer Tänzerin mit Flossen. Man entschuldigte sich für nichts mehr, spielte Stehaufmännchen und lachte ordinär.

Am Ende des Flures, im dunklen Zimmer, lag Eva auf dem Bett und schaute Raphael an, dessen Kopf neben ihr auf dem Kissen ruhte. Sie nahm seine Hand und legte sie auf ihre Brust.

»Ich kann nicht«, murmelte er.

»Ich weiß. Ich wollte nur, dass Sie mein Herz spüren. Es schlägt ganz langsam. Es ist so ruhig wie ich. Morgen kehre ich nach Finnland zurück, und ich bin sehr glücklich. Sie haben mein Leben verändert, Raphael. Ich lasse Ihnen das Bild hier. Ich habe gemerkt, dass Sie es nicht mögen, aber vielleicht ändern Sie eines Tages Ihre Meinung. Ich habe etwas gelernt. Ich habe so viel gelernt, während ich bei Ihnen gewohnt habe. Das Leben ist lang, Raphael. Man muss lernen, Türen zu öffnen und andere zu schließen. Überall und auf tausenderlei Weise zu lieben. Unsere Gefühle sagen es uns ständig, aber wir wollen es nicht hören. Warum wählen wir den Schmerz?«

Eva verstummte. Sie hatte die Hand an Raphaels Wange gelegt. Das Schweigen war etwas, womit sie sich beide gut auskannten. Die Geräusche des Festes waren nur noch ein gedämpftes Murmeln. Dann öffnete sich geräuschlos die Tür. Eine Gestalt trat zum Bett und legte sich neben sie.

»Auf Wiedersehen«, flüsterte Eva und stand auf.

Als sie gerade die Wohnung verlassen wollte, stellte sich ihr Max zwischen Diele und Wohnungstür in den Weg. Sein Gesicht war von heftigen Ticks entstellt, der bis zur Taille offene Kimono entblößte seinen blassen Oberkörper.

»Wo ist Raphael?«

»Er ist in seinem Zimmer, mit Alpo«, sagte sie sehr ruhig. »Ich verbiete Ihnen hineinzugehen. Geben Sie ihm eine Chance.«

Jetzt war sie es, die ihn nicht gehen ließ. Max sah sie eindringlich an. Eva war wie ein undurchdringlicher Eisblock. Jetzt erst begriff er, dass diese Frau keineswegs sanft war. Er ballte die Fäuste und schloss die Augen, um die Gewalt zu unterdrücken, die ihn packte. Als er sie wieder öffnete, war Eva verschwunden.

Er torkelte ins Wohnzimmer. Das undurchdringlich gewordene Schauspiel berührte ihn nicht mehr. Vielleicht war er durch den Spiegel getreten, und sein Leben würde fortan unglaublich einfach sein. Er ging zum Sofa, zwängte sich neben eine Grinsekatze und wartete ohne Panik auf die Wirkung dieser neuen Verrücktheit, die ihn plötzlich seiner Zukunft beraubt hatte. Übrig blieben nur ein undeutlicher Lärm und langsame Gestalten in verblassten Farben, die er wie durch ein beschlagenes Fenster sah.

Auf der Tanzfläche war Louise die Einzige, die noch

gerade stehen konnte. Sie hatte fast nichts getrunken und die Joints weitergereicht, ohne daran zu ziehen. Aufgeputscht von einem wilden Mambo, tanzte sie mit den Armen und ließ ihre Strassarmbänder im Licht der Spots funkeln. Sie merkte, dass Max sie anschaute, und winkte ihm, zu ihr zu kommen. Wie hypnotisiert stand er auf und presste sich an sie. Louise versetzte ihre Körper in eine wiegende Bewegung, Rita in Trance mit ihrem etwas benommenen Fred. Sie trug ihn mehr, als dass sie ihn führte, wenn sie ihn losließe, würde er vor ihren Füßen zusammensinken.

»Max, ich muss dich etwas fragen.« Er wandte ihr das Gesicht zu, aber seine Augen schauten woandershin. »Liegt es an meinen Zähnen? Ist es das?« Er schien nicht zu begreifen, was sie ihm sagte. »Liegt es an meinen Zähnen, dass ich dir nicht gefalle?«

»Louise!«, schrie er. »Louise! Liebe Louise Brouillard!«

Er drückte sie noch fester an sich, bohrte die Finger in ihren Rücken, brach in ein wahnsinniges Lachen aus und führte sie in einen Horrorwalzer. Er lachte und weinte zugleich. Sein ansteckender Wahnsinn breitete sich aus, und bald tanzten alle einen beängstigenden Pogo durch das volle Zimmer. Max' Umarmung wurde immer gefährlicher und seine Bewegungen immer ruckartiger. Trotz Louises ausgleichenden Bewegungen stießen sie an ein Stuhlbein und prallten, aneinandergeklammert, gegen die Wand. Max' Augen waren blutunterlaufen, er begann zu weinen und spie einen Brei unverständlicher Wörter hervor. Voller Panik fragte Louise die Umstehenden, wo Raphael sei. Sie brauchte ihn, denn in diesem Zustand gehörte Max einer anderen Spezies an.

»Seht im Park nach!«, brüllte sie.

»Alle in den Park! Das U-Boot ist in Seenot!«, rief Kapitän Nemo. »Nehmt Champagner mit, wir werden ihn brauchen.«

In wenigen Sekunden leerte sich das Zimmer. Louise drehte die Musik aus und kniete sich neben Max.

»Raphael ist nicht auf seiner Bank«, flüsterte er. »Er ist in seinem Zimmer.«

»Ich hole ihn.«

Max packte sie am Arm.

»Nein, geh nicht rein!« Er legte Louise einen Finger auf die Lippen. »Es liegt nicht an deinen Zähnen.«

»Woran dann?«, fragte sie ohne Neugier.

Sie glaubte nicht mehr daran. Jetzt stand es fest. Niemals würde sie Max' Hände auf ihrem Körper spüren. Immer würde die Distanz zwischen ihnen stehen, die sich, wie ihr jetzt klar wurde, seit ihrer Ankunft in der Wohnung nicht verändert hatte.

»Es ist das Leben, Louise. Du verliebst dich in jeden. Das liegt in deiner Natur, und ich finde es wunderbar. Ich würde auch gern denken, dass alles möglich ist. Nicht weinen«, bat er und strich ihr sanft durchs Haar. »Bitte nicht weinen. Raphael ist nicht allein in seinem Zimmer. Das macht mich wahnsinnig, aber ich muss es akzeptieren. Niemand außer den Valettes glaubt, wir wären nicht allein auf der Welt. Jetzt, in genau diesem Moment, bin ich es zum ersten Mal im Leben. Das reißt mir den Boden weg, aber ich werde mich daran gewöhnen, ich habe keine Wahl.«

»Mit wem ist er zusammen?«

Max zündete sich eine Zigarette an und sah seufzend zur Decke.

»Mit Evas Ebenbild als Mann.«

Auf der weißen Fläche der Zimmerdecke sah er die verschlungenen Körper von Raphael und Alpo. Ein Gefühl von Enteignung und grenzenlose Eifersucht zerriss ihn. Er glaubte zu sterben und klammerte sich an Louise, um nicht allein unterzugehen. Er verlor jedes Zeitgefühl und irrte durch einen wilden Reigen von Erinnerungen, ohne Chronologie, aber mit Raphael in jeder Szene. Er hatte so oft seinen Tod gewünscht, um sich von seiner Macht zu befreien. Während er den schlecht geschnittenen Film seiner vorbeirasenden Erinnerungen anschaute, wurde ihm klar, dass er gegen Raphael nichts tun konnte. Er gehörte zu ihm, so unabwendbar wie ein Charakterzug oder ein Muttermal an der Hüfte. Was auch geschah, immer würde sein Cousin lächelnd oder traurig vor ihm stehen, sobald er die Augen schloss, sie würden unter ihrer Männerhaut den Knabenkörper bewahren, den weder der eine noch der andere hatte ablegen können. Die Mütter hatten aus ihnen ein einziges Geschöpf gemacht und sie dann vergebens gedrängt, sich voneinander zu lösen.

Louise und Max lagen Schulter an Schulter zwischen Kippen und zerbrochenen Gläsern im leeren Zimmer und blieben lange in ihre Gedanken versunken. Die Sirene eines am Haus vorbeirasenden Feuerwehrautos weckte sie wie eine Alarmglocke. In einer Sekunde setzte Max die Teile des Dramas zusammen, sagte sich, dass niemand außer ihm Raphael je berührt hatte, dass niemand wusste, was ihm Angst machte und was ihm gefiel.

»Ich will nicht!«, brüllte er, rasend vor Wut und Sorge, und sprang auf.

»Wo willst du hin?« Louise hielt ihn fest. »Lass sie, Max. Du hast kein Recht auf sie. Niemand hat Raphael gezwungen, mit diesem Mann in seinem Zimmer zu sein. Was sie da tun, geht dich nichts an. Verdammt, Max, ihr seid keine Kinder mehr! Komm!« Sie zog ihn entschlossen zur Tür. »Wir gehen zu den anderen.«

Im Fahrstuhl sah sich Max im Spiegel, ein in Ungnade gefallener, vom Alkohol entstellter Samurai. Er schloss die Augen, ertrug seinen eigenen Blick nicht mehr. Es ist vorbei, sagte er sich. Künftig würde er sich Raphaels Leben nur noch vorstellen können. Er würde nicht mehr von ihm wissen, als Raphael bereit wäre, ihm zu sagen. Dennoch kam ihm diese Distanz, die er immer gefürchtet hatte, allmählich wie eine erträgliche Unvermeidbarkeit vor. Gegen jede Erwartung hatte er die Katastrophe überlebt und stellte fest, dass er fast normal atmete. Er öffnete die Augen und sah Louise an, die er einen Moment vergessen hatte.

»Niemand trägt seine Zähne so gut wie du«, sagte er und streichelte ihre Wange.

Louise versetzte es einen kleinen Stich. Dann schob sie wie eine erstklassige Striptease-Tänzerin ihre Satinhandschuhe über die Arme und summte *Gilda*.

»Überdrüssig, zwiespältig und zum Schlimmsten imstande. Das hast du doch über James Mason gesagt, oder?«

Ohne ihre Antwort abzuwarten, drückte Max auf

den Knopf mit der roten Klingel. Nach einem kurzen Zucken blieb der Fahrstuhl zwischen zwei Etagen stehen.

16

Cécile war zu früh gekommen und sah neben Charles von der ersten Reihe aus zu, wie sich das Zimmertheater langsam füllte. Sie hatte sich den ganzen Tag Sorgen gemacht und mit Mühe darauf verzichtet, Louise ein drittes Mal anzurufen. Am Ende der Reihe, die für geladene Gäste reserviert war, sah sie ein unauffälliges Paar mit einem jungen Mädchen, das Louise ähnlich sah. Die Familie, dachte sie traurig. Max winkte von weitem und schlängelte sich zu dem Platz, den Cécile für ihn frei gehalten hatte. Sie hatte ihn seit mehr als einem Monat nicht gesehen und stellte fest, dass er sich verändert hatte, ohne herauszufinden, was an ihm anders war.

»Ich habe Lampenfieber«, sagte sie.

»Sie wird großartig sein, ganz sicher«, sagte Max und drückte Charles die Hand.

Wenig später kam Raphael in Begleitung von Alpo. Cécile bemerkte sogleich die unüberwindbare Distanz zwischen ihm und Max. Sie umarmten sich wie Cousins, wechselten ein paar Worte, dann ignorierten sie einander. Cécile brach es fast das Herz. Charles, der alles mitbekommen hatte, flüsterte ihr ins Ohr, durch diese Phase müssten sie durch. Ja, Charles, dachte sie, du hast recht. Aber sie wusste aus Erfahrung, dass gespielte Gleichgültigkeit auch ein Einfalltor für ein unwiderrufliches und ganz reales Vergessen war. Atemlos eilten die Valettes herein, begleitet vom Blick der Zuschauer, die glaubten, doppelt zu sehen. Sie hatten Louise das Etuikleid vom Kostümball geschenkt, jetzt verkündeten sie sehr aufgeregt und in der Überzeugung, dass es lustig wäre, sie seien gekommen, um »unser Kleid zu sehen«. Plötzlich war der Saal in Dunkelheit getaucht. Eine Platzanweiserin führte Eva, die direkt vom Flughafen gekommen war, mit einer Taschenlampe zum letzten freien Platz.

Der Vorhang hob sich.

Cécile drehte den Kopf zu ihrem Nachbarn und staunte. Max' schönes Gesicht war von keinem Tick mehr entstellt.

Wie den Orden der Ehrenlegion präsentierte der junge Mann im Halbdunkel des Theaters völlig ruhig ein ganz neues, entspanntes Lächeln.

Put the blame on Mame, boys,
Put the blame on Mame.